JN217427

少数株主

Shin Ushijima

牛島信

幻冬舎

少数株主

装幀／トサカデザイン（戸倉巌、小酒保子）
photo ／ Marser/Getty Images

同族・非上場会社の少数株　その1

「忙しいところを急に済まなかったな。非上場会社の株を買ってくれって頼まれたんだ。同族会社なのさ。いや、ごくわずかだ。10％もない。少数株っていうのかな。経営とは何の関係もない。なんとなく不安なんだ」

高野敬夫《のりお》は大木弁護士にそう切り出した。引き締まった顔がゴルフ焼けし、その中で濃い眉毛が目立つ。

千代田区永田町2丁目11番1号にある大木忠弁護士の事務所だった。小さな会議室の4人がけのテーブルに2人向かい合って座っている。淡い生成りのオーク材のテーブルの上に置かれたティーカップから、湯気が二筋うっすらとたちのぼっていた。窓に向かって座った大木が、天井を見上げるとすぐに顔を戻して高野に問いかけた。深緑色の革におおわれた回転式の椅子を小刻みに左右に揺らしている。ほんの少し肉のついたがっちりとした体の上に丸い顔が乗っていて、愛敬のある細い2つの目がついていた。

「非上場？　上場していないっていう、あの非上場のことか？」

高野敬夫はゴルフ場やビルなどいくつもの不動産を持っていてその上がりで暮らしている。折り入っての相談があるからとその日の朝に電話をかけてきて、午後一番で大木の事務所を訪ねてきたのだった。そういう仲だった。高校時代からの友人なのだ。1949年生まれ。どちらも68歳になっていた。

「ああ、そうだ。その非上場だ」

「なんでそんな株を？　ははあ、相続がらみだな」

大木弁護士は、謎解きでもするように言った。視線は目の前の高野の遥か向こうに移っている。窓の外はキャピトル東急ホテルだった。株式市場に上場されていない会社は非上場会社と呼ばれる。日本の株式会社の99・8％は上場していない。

「非上場株ってのは売れないし、買えないんだ。ふつうの株、上場している株のことだが、そいつに慣れているととんでもない目に遭うことがある。非上場株ってのは恐ろしいぞ。疫病神になることがある」

のっけからの大木の強い調子の言葉に、高野は身を乗り出した。大木が続ける。

「かつてこんな裁判があった。非上場会社の株の値段てのはおかしなものなんだな。同じ株がいくつもの値段に化ける。465万と思った株が実は1億6000万て世界だ。34倍ということだ。税金が問題だ。256万の相続税のつもりが1億も取られてしまった気の毒な男がいたんだ。いや、なんともあわれな話だよ。もちろん同族会社だ。思いもかけない額の相続税を税務署から請求されたその男は、敢然と裁判で争った。男はどうしても税務署の考えに納得がいかなかったんだな。そうなると日本では裁判を始めるしかない」

「税務署相手に裁判なんかしたって、負けるに決まってんだろう？」

「いや、そうでもないさ。最近では１４００億の税金の裁判で税務署に勝った外資系の会社もある。もっとも、この気の毒な男は最高裁まで争ったんだが、負けた。日本には最高裁の上はない。完全に終わりってことだ。平成11年のことだから、そんなに昔でもない」

「ほう、いったい全体どういうことなんだい？」

高野の問いに大木が座り直した。長い話を始めるときの大木の癖だった。高野は椅子の背もたれにゆったりと上半身を預け、黙って大木の話を聞くことにした。

「大日本除虫菊って会社の株をほんの少し相続したばっかりに、１億もの税金を取られてしまったという、嘘のような本当の話だ」

「えっ、大日本除虫菊って、あの蚊取り線香の金鳥《キンチョー》か」

高野が驚いて声をあげると、大木は話の腰を折られたとでもいうように、

「ああ、その金鳥だが、それがどうかしたのか？」

ぶっきらぼうな調子で答える。

「いや、あの金鳥かと思うと親近感が湧いてね」

「くだらないことを言うなよ。税金の話だ。会社がどこかなんてどうでもいいことだ。たまたま蚊取り線香を売っている同族会社の株主に相続があって、悲劇的な結果になったというだけのことだ。会社の商売の中身とはなんの関係もない」

「そりゃそうだが」

「そういうことだ」

大木は話を中断されたことが気に入らない様子だった。高野は少しもへこたれない。いつも大木とのやりとりはそうなのだ。

「でも、1億の税金だなんて、その株、ほんとうはけっこうな価値があったんじゃないのか。たとえば、毎年の利益がすごいとか、含みのある不動産をたくさん持っていたとか」

「オマエらしくもないな。上場してない同族会社の話だぞ。会社が儲かっていたって株主には関係ない。会社が不動産を持っていたからって、たった5％の株主にどんな権利があるっていうんだ」

「ま、そりゃそうだな。でも、やっぱり配当が高かったんじゃないのか？」

「違うね。だいいち、いくら配当が高くたってそれだけで1億なんて評価になったりはしない。とにかく、相続したご本人は256万の税金で済むと思っていた。9300株に対して年に46万5000円ぽっきりの配当だったからな。465万の価値の株だと思ってたってことだ。それが税務署から1億の相続税を払えって言われた。1億という計算だ。税金は払わなければ、向こうから無理やり取りに来る。自分が住んでいる家を競売されるのが嫌なら、自ら売ってでも納めるしかない」

「えーっ。自宅を売り払ってまでってか」

同族・非上場会社の少数株　その2

「当たり前だ。税金だからな。国民の義務だ。その男はなにをしたってわけでもない。金を儲けて誤魔化したっていうのでもない。ただ、おばあさんの財産を相続した。わずかな株さ。大日本除虫菊の株の200分の1だ」

「そんなの、ゼロと同じだ」

「常識ある大人はそう考える。しかし、税務署の目からはそいつがとんでもなく高い価値を持つものに見えたってことだ。なに、相続した株の評価にはいくつも方法があって、そのうちの高い方法を当てはめたってだけのことなんだがな。自分では500万足らずの評価のつもりが、税務署が1億6000万だと決めつけてきた。34倍だ。上場してる会社の株じゃない。だからマーケットの値段なんてない。そもそも上場していないから、非上場株という。ほとんどの株式会社は上場していない。非上場会社の株なんて、経営に関係のない人間には何の意味もない。会社によっては配当をくれるところもある。そのときには、配当が手に入る。それだけだ。

会社の経営に関与するには過半数の株を持っていなきゃダメだ。だから、少数派の持っている株なんて、配当還元といって配当が年にいくら入るかで値段が決まるのがふつうだ。相続税となると、配当の10倍が価値ってことになる。10年分の配当の合計額ってことだな。低金利の時代だから悪くないとも言える。

しかし、誰もそんな株なんか買ってくれないからな。だから、そんな株を相続したって僅かな価値しかないと税務署も思ってくれる。たとえ年に2割配当をしていたって、配当の20倍でしかないってことだからな」

「そうだろうな。上場してない会社の株の心配なんて、金持ちオーナーだけの悩みだと思っていたよ」

高野にはわけがわからない。大木はもう一度椅子の上で腰を動かすと話を続けた。

「ところが、この男は不運だったんだ。うん、そうとしか言いようがない。税務署からしたら経営者と仲間だと見えてしまったんだ。つまり同族だ。

だから、経営者と同じように、資産や利益を加味した物差しであなたの株を評価します、とこうきた。同族会社の中にはたくさん儲けていても配当をしなかったり、しても僅かだったりするところがいくらでもある。資産がたっぷりあっても、経営者は株主なんかには知らん顔だ。会社イコール自分だからな。会社の資産てのは事業のためにあるんだから、経営者から見れば当然のことだ。株主なんて目に入らない。

そのくせ、会社の事業には必要ない資産なのに、実際は社長が使っている不動産まで会社名義にしてしまっているってところ、多いじゃないか。社宅、それも社長用社宅ってことにしておく。オマエなら、オーナー社長にしてみればどちらでも同じことだってのはわかるだろう。自分個人のポケットに入れておくか、それとも会社のポケットにするか。税金対策ということからいえば、会社がいい。社長の意のままだな。配当だって同じだ。会社がいくら儲かったって、配当に回すのはバカらしいとたいていのオーナー経営者は考える。自分に配当するだけならいいが、ふつうは他にも株主がいる。配当となると株の数に比例して分けてやらなくっちゃいけない。配当っていうのは株式数に応じて払うんだから、そうならざるを得ない。しかし、会社が儲けた金を社長個人のポケットに入れるのなら社長への給与だ。そういう形で自分に払うことにしておけば、他の株主には払わないで済む。

自分が51％の株を持っている社長なら、配当するのと自分への給料にするのとでは2倍の違いがある。だから、配当を熱心に払う社長ってのはいない。

そんなこんなで、ふつう税務署はオーナー経営者の持ってる株は高い価値、少数株主のは安いもの、と決めてかかっている。それはいい。それはそのとおりだからな、実際。ところが、経営者と同族ってだけでなんの旨みもない立場だってことになるとヤッカイだ」

「同族？　旨み？」

高野は大木の話が気になってならない様子だった。相談に来た非上場会社の株のことはさておき、高野自身、自分の会社をいくつも持っているのだ。もちろん上場などしていない。株を知り合いに持ってもらっている会社もある。だから大木の言っていることが他人事《ひとごと》ではないのだ。

「ああ、同族ってのは親戚のことだ。6親等内の血族か3親等内の姻族、と税務署の書いた規則に書いてある。そこに当たれば、経営者の一味ってことになる。血がつながっているってだけでそうなる」

「血？　血族ときたか。古いな」

「どうかな。血は水よりも濃いものだ。日本の税務署が血が大事と言っているだけじゃない。実際、当たってる。そのとおりに人間てやつは動いている。

だってそうだろう？　世の中には、ただで他人に金をやる人間などめったにいない。やってもケチる。ところが親子となれば金をやるのは当たり前だ。小さな子どもでも自分の孫なら、当然のように気前よく金をくれてやるおじいちゃん、おばあちゃんが全国にあふれている。もちろん、赤の他人の子には知らん顔のままだ」

「余計なお世話だ」

「そのとおり。健全な社会だよ。子は大事、孫はかわいい。ほら、血だろう？　だが、税務署というのはなんともおせっかいなところでな。個人が好きでやったことでも放っておいてくれない。ま、税務署にすれば、国民のため、公平な税負担のためって大義名分がある。それはそれで大いに正しい」

「それはそうだけど。だけどオマエなあ」

「オマエにしたって、財産を個人名義にしているわけじゃあるまい。たとえば碑《ひ》文谷《もんや》にある自宅はどうだ？」

「ああ、会社名義だ。ささやかな会社だ。オヤジがオフクロに買ってやった。それを俺が会社組織にして、オフクロの株を少しずつ買ってやっている。小遣いの代わりだ。俺のほかには、オフクロ、女房、それに子どもだけしか株主なんてのはいない。ま、つまりはぜんぶ俺のものってことだ。税理士が社宅ってことにして申告してくれている」

「みんな初めはそうなんだ。だが、そのうち株が分散してしまう。子どもがいれば孫ができる。全員が経営をするわけじゃない。ほんの一部だけが経営をやる。

　財産分けのときに、会社名義の財産ばかりだと、経営を引き継がない子どもには分けてやるものがない。だから株を少しだけでも、ということになってしまう。それっぽっちでは、分けてもらった本人も関心がない。だが、税務署は違う」

「いったい税務署はなにを狙ってるんだ？」

「会社を支配している奴の株には会社全体の価値が載ってるってことさ。会社ってものは不思議なもので、社長が支配権を持つためには51％の株があれば足りる。それ以上は要らない」

同族・非上場会社の少数株　その3

「とにかく、大日本除虫菊の株を持っていたおばあさんが死んで、気の毒なことになる運命の男がそいつの一部を相続したんだな。わずかなものだ。さっき200分の1と言ったが、正確には全体の0・49％だ」

「そりゃまた、ほんの少しだな」

「ああ、そうだ。男が一族であろうがなかろうが、0・49％なら465万の価値しかない。税務署もわずかな相続税で満足して、めでたしめでたしってはずだった。ところが、この男の不幸はもともと4・99％の大日本除虫菊の株を持っていたことだ。おばあさんの株を相続するよりも前からだ。ほら、同族の一人だって言ったろう」

「4・99と0・49を足すと5・48になるな」

高野がさっと計算してみせる。

「さすがだな。そこがポイントなんだ」

「5％を超えるとなにか起きるのか？」

「ああ、そうだ。運の悪い男だよ。そのほんの少し相続した分が、元から持っていた株に乗っかったので、合計すると5％を超えてしまった。それが問題の全てだ」

「え？　なんだって？」

「5％が税務署の決めた基準でね。5％以上になると評価方法がガラッと変わる」

「だけど、その気の毒な男は持ち株の割合が5％になったからって役員にでもなったのかい？」

「なっていない」

「じゃ、別になにも得してないじゃないか」

「そのとおりだ。なにも得してない。だが、税務署には別の見方があるってことだ。5％もあれば、経営に影響があると考えるんだ。だから、もう配当が年にいくらって話じゃない。会社がどのくらいの価値を持っているのかが問題になる。もしその男がオーナー社長なら、誰だって当然だと思うだろうさ。会社名義のものは、ボールペン1本から自社ビルに至るまで社長のものだ。だから、税務署も会社の財産がどれだけあるのか、利益をどのくらい上げているかを考慮に入れて株の価値を決める。配当してませんなんて言ってみたって、配当の額は過半数の株主が決める。つまり社長だ。51％持っていれば、自由自在に社長を選ぶことができるからな。筋が通っている。

　だが、気の毒な男の場合は違った。経営とはなんの関係もない。会社にはちゃんと社長がいて、男とは5親等の関係だったというだけだ。兄弟が2親等、オジ、オバが3親等で、いとこが4親等だ。5親等っていえば、いとこの子どもってことになる。その男が社長に近い立場、たとえば専務とか常務とかで給料をもらう立場でも、株が5％ってことにどれだけ意味があるか、あやしいところだ。だが、税務署はそう見ない」

「そんなバカな」

「男もそう思った。それで、裁判を起こした」

「で、勝てなかったのか。そういうことなのか」

「そういうことだ」

「1億の借りを税務署につくって、そいつ、自宅を売ったのか？」

「そこまではわからん。しかし、税務署に金を払ったことは確かだろうな。男は思ったに違いない。税務署は理不尽かもしれないが、日本は法治国家だ、かならず裁判所が救ってくれる、と。裁判所を信じていたんだろうな。だが、最高裁までが税務署の味方だった。無茶苦茶だが、現実に起きた話だ。今も、毎日、日本中で起きている。

大事なのは、誰にでも起きるってことだ。男は不運だった。しかし、交通事故に遭う人間も不運だという意味では同じだ。交通事故に遭う前に、自分は不運だから今日は交通事故に遭う、なんて思っている人間はいない。しかも相手が悪い。税務署だからな。見逃しはない。徹底的にやられる。1億円なんて、ふつうの人間には払えない」

「えーっ、どういうことなんだ？　日本には法の支配ってものがあるんじゃないのか」

「逆だよ。法の支配があるから、そうなったのさ」

「バカな」

「バカな話さ。でも、オマエも俺も税金からは逃げられない」

「そうだよな。俺はオフクロの持っている株、といったってオヤジが買ってくれた土地持ちの小さな会社の株だがね、そいつを相続するからな。他人事じゃない。俺の子どもたちは俺の会社の株を相続する。なまじ多少の財産があると心配事がついてまわる。因果な話だ。金がなきゃこの世は闇だ。金があったらあったでこの世は地獄か」

　高野は大きな溜息をついた。大木が追い打ちをかける。

「税金は、少しでも金を持っていれば、稼ぎがあれば、向こうからすり寄ってくる。オマエなんか莫大な資産を持っているから税務署から見れば蜜の壺ってとこだな」

「うるさい！　俺のは莫大なんて話じゃない。ささやかなもんだ」

　高野は大木を睨みつけると、独り言のように、

「それにしても恐ろしい話だな。今、この瞬間にも、自分がそんな目に遭うとも知らずにノホホンと暮らしている非上場会社の少数株主っていう連中が、世の中にたくさんいるってことだ」

　それを聞いた大木の顔に皮肉な微笑みが浮かんだ。

「そのとおり。大日本除虫菊の株主だった気の毒な男のように、な。しかも、税務署はそういう善男善女を決して見逃さない」

「まるで地雷の上で暮らしているようなものじゃないか」

二度目の溜息を高野が漏らした。

大木がつられて軽い息をつく。

「地雷か。そうだな。ま、万一にも命はなくならないから地雷よりはましかもしれないがな。だが、地雷は爆発するとは限らないが、こいつは税務署管理の地雷だから、どうかな」

高野は、テーブルから乗り出すようにして大木に顔を近づけると、

「冗談じゃない。いやいや、怖れていてもだめだ。彼を知り己を知れば、百戦殆《あや》うからずだ。自分がどんな地面の上に暮らしているのか、調べてみることだ。わかれば、対策も考えられる」

背もたれに体を戻した高野は厳しい顔つきになっていた。大木も話が終わった合図のように座面の下にあるボタンに触れ、体を預けるように背もたれを後ろに倒した。

「で、高野、どんな話なんだ、非上場株を買ってくれっていうのは？」

墨田のおばちゃん　その1

あらためて大木に誘われたのをしおに、高野は急いで訪問しなければならなかった用件を切り出した。

「オフクロに友だちがいてね。なに、同じような年寄りだ。だが、いまどきの老人は元気だからな。特に女ってのはな」と説明を始めた。

「ああ、そうそう。いい時代だよ。１００歳が珍しくなくなった。全国で7万人いる。歳を取っても幸せに暮らせる。いろいろ理屈はあるが、なんといってもそいつこそが文明ってものだ。豪壮な邸宅、衣服の華美、外観の壮麗なんかではない」

大木が相槌を打つ。高野が苦笑いしながら、

「西郷の台詞《せりふ》だな。オマエ、相変わらずだな。今日の話は、そう幸せじゃないってこともあって話なんだ」と真面目になったときの癖で、眉間に皺を寄せた。68歳の男にふさわしい、深い溝が眉と眉の間にくっきりと現れていた。

「俺も昔からよく知っているおばあさんなんだ。墨田のおばちゃんて呼んでた。墨田区で亭主が鉄工所をやっていて、とっても金回りが良かった。60年以上前の話だ。昭和30年代のことだ。そういう時代があったじゃないか。高度成長ってやつだ。その墨田のおばちゃんが、つい最近オフクロに泣きついてきたって言うんだよ。株を買ってくれって、拝むようにして頼まれたっていうんだ。オフクロってのは小金を貯めていてね。だから株ってのが嫌いじゃない。興味半分、くわしく話を聞いてみたそうだ」

「ふーん」

大木は、高野がひどく急かすようにして平日の昼間に大木の事務所にやってきて、いったい何の話をするのかと思っていたのだ。急ぐというのでランチの約束をキャンセルし、サンドイッチを2つ用意させた。「赤トンボ」のサンドイッチだった。その甲斐があって、どうやら愉しい話になりそうな予感がした。

「オフクロ、墨田のおばちゃんが『助けてくれ』って、いまにも泣き出しそうだったたって言うんだな」

「そりゃ大変な事態だ」

「オマエ、茶化すなよ。俺も大げさなと思ったよ。オフクロってのは、オマエも知ってるとおり何でも大ごとにしてしまう。そういう女だからな。ところが話を聞いてみると違ったんだ」

高野の母親なら大木もよく知っていた。高野も大木もまだ高校生だった気の遠くなるほどの昔、碑文谷にあった高野の家に行くとよく夕飯を食べさせてくれた。料理自慢で、確かにそれだけのことはあるという気が高校生ながらしたものだ。なぜか美味しいと感じさせる味だったのだ。なんの変哲もない魚でも、大した肉でなくてもどこか美味しいのだ。

「ダシが違うのよ、私のは昆布と鰹節だから。それも羅臼《らうす》の昆布と枕崎《まくらざき》の鰹節だからね。君には未《ま》だわからないだろうけど、男は胃袋をつかまれると弱いものなのよ」

と高校生だった大木にはわけのわからない説明をしてくれたことがあった。68歳になった今でも、あのときの高野の母親の得意げな表情を覚えている。形のよい小鼻をぴくぴくさせていて、成熟した女性の色気が大きく膨らんだ胸元からむんむんとあふれていた。中年にさしかかった女性のものとは信じられないほど白い肌がしっとりとして美しかった。高野の母親は38歳だったのだ。

若いころには体が弱かったと聞いたことがあった。

「おでぶなのに、それはそれは貧血がひどかったのよ。日によっては起き上がれないこともあったくらい」と言っていた。だから料理に関心を持たずにはいられなかったのだとも言っていた。

あれから50年が経ち、高校生だった高野も大木も老人にさしかかっている。高野の母親は88歳になっているはずだった。もう長いあいだ会っていない。だが、どうなっているか大木なりに想像することはできた。奇跡のような美しい老女であるに違いないと思っていた。

大木は高野の母親を思い出してみる。するとすぐに、ある感情がほんの少し胸のうちによみがえる。甘酸っぱいような、まぶしいような感覚。高校生だったころのその思いは、今も心のどこかに残っている。68歳になった大木の心は、高校生のころと同じなのだ。そういう心はふだんは奥底にひっそりと隠れている。そいつがこんな機会にときどき頭をもたげるのだ。

大木は間近に座っている高野の顔を見つめ直した。そこには、まちがいなく68歳の老人になり始めた男の顔があった。その顔に向かって話しかけた。

「いずれにしたってオマエ、その株は買えないよ。むりだな」

大木はかすかに微笑みながら高野にさとすように話しかけた。

「高野、日本じゃ非上場会社の株は買えないんだよ」

「え、どういうことだい？」

「日本では、非上場会社の株は会社の承認がないと買えない」

「じゃあ、株を持っていても売れないってことか？　ひどいじゃないか」

「そうは言ってない。売れるが、売りたい相手には売れないってことだ。つまり、会社はわけのわからない奴が株主になるのを防ぐことができるようになっている。実際には会社が一方的に指定する先にしか売れないことが多い。会社による。会社に公私混同なんておかしなことは一つもないっていうオーナー経営者なら、承認したって、今までどおりの公明正大な経営を続ければいいだけだ。ただ、そういう会社は微々たるものだ」

大木の口調は何度も同じ説明を繰り返しているといった慣れた調子だった。こういうことだった。

「株を売りたい、買いたいってときには、会社に承認してくださいって言わなきゃならない。あらかじめ、だ。すると会社はこう答える。『売りたいのはわかった。しかし、売るのなら会社か会社の指定するこの買い手に売れ』。会社は、自分でなきゃ会社にとって都合のよい人間を買い手として勝手に指定できるんだ。買いたいっていうときも同じこと。事前の承認を会社に求めれば、同じ答えが会社から返ってくる」

「そうなのか。自分の株だから誰にでも売れるのかと思っていたよ」

「そうだろうな。そう思っている人は多い」

大木がウェッジウッドのティーカップをソーサーごと引き寄せた。カップにはまだ半分ほど紅茶が残っている。大木の好きなアールグレイだ。大木は午前中にコーヒーを飲み、午後には紅茶に切り替える習慣なのだ。アールグレイ、ダージリンのセカンドフラッシュ、そしてファーストフラッシュの順になる。色の薄いダージリンのファーストは物足りない。だが、その物足りなさが気分にしっくりくる午後もあるのだ。どれも葉っぱは銀座五丁目の「リーフルダージリンハウス」で買う。誰かからいただきものをすれば、それを試してみることもある。気に入れば、しばらくそれを飲むことになる。ティーバッグの紅茶は、真夜中、自分で淹れるときにしか飲まない。

視線を高野から外さず、右手で持ったカップを口元へ運ぶ。一口含むと飲み込み、カップをソーサーに戻した。冷めた紅茶でこそ本当の味がわかる、と大木はつねづね思っているのだ。

「誰だって、自分の会社に見知らぬ人間など入り込んでほしくない。隠したいことのない会社なんて、一つもない。いや、なにも悪いことをしているからっていうだけじゃない。新製品の開発や得意先との関係、製造や仕入れの原価とか、秘密にしておきたいことはいくらでもある。累積投票の制限ってのも、そのためだ。取締役会に反対派が入られちゃ困るからな。株主になるのも、似たところがある」

「累積投票って、なんだい？」

「済まない。余計なことを言ってしまったな。実際はなんの意味もない制度だ。なんにしても、見知らぬ人間が株主ということになれば会社にとっては大ごとだ。たった1株でも株主総会で発言ができるからな。それどころじゃない。3％あれば会計帳簿を閲覧する権利まである。法律に書いてある。だから、昭和41年、1966年に法律が変わって、いま説明したように窮屈なことになったんだ」

大木の静かな声だけが2人きりの会議室に響いた。

「それにしても、非上場会社の株を買うなんて、オマエ、いったいどうしたっていうんだ？」

「言ったろ、オフクロが買ってくれって友だちに頼まれたんだ」

「そうだったな。それなら買ってやればいい。ただし、結局は無駄な手間にすぎないことになるさ。いま話したとおりだ。会社はまず、承認しないからな。オマエは一時の当て馬ってことになる」

「なんだか、わけのわからん不思議な話だな」

「そうかい。俺たちの世界では常識だがな」

「弁護士さんの世界か」

「そうだ。七面倒くさい手続きが法律に書いてある。オマエが当て馬になってやれば、結局、売り手は会社側の誰かに売りつけることができる。だから当て馬も人助けって言うこともできるかもしれないな」

「どういうことだ？」

墨田のおばちゃん　その2

高野はいらだたしい気持ちをかくさず、音を立てて目の前の真っ白なウェッジウッドのティーカップを横にずらした。大木は淡々と話を続ける。

「株主から買ってくれと頼まれても、会社には買う義務はない。しかし、その株主が誰々に売りたい、もしその誰々が会社として気に入らないのなら他の誰かを指定してくれ、と言って請求してくれれば、結局会社は買うしかない。正確には、会社自身か第三者を買い手に指名するっってことだ」

「えらく手のこんだ話だな」

「ああ、株は大事だからな。公私混同って話は別にしても、一人でもオーナーに反対する株主がいると会社の経営が混乱する元だ。それだけじゃない。ここまではまだまだ序の口だ。その第三者との間で値段の交渉ってことになる。だから手間がかかることになる」

「え、そんなことまで」

「そりゃそうさ。売り手はいくらいくらはするはずだと思う。買い手は安いほうがいい。なんの売り買いでも同じだ」

大木は再び窓の外に目をやると、冷めた紅茶をいかにもうまそうに飲み干した。

だが、大木の事務所はビルの45階にあって、はるか下に首相官邸が見える。地震のときには揺れるということだった。入居したとき家主に聞いたところによれば、このビルほど安全なビルは日本中にないということだった。13年前のことだった。眼下の景色はもう現在の官邸になっていた。主《あるじ》が誰だったのか、おぼえてなどいない。たしか、小泉純一郎か。いま眼下に見おろす首相官邸の主は、それから延べ7人目、安倍晋三氏である。

大木の話を聞き終わっても、高野にはなにがなんだかよくわからなかった。

大木はさらに言った。

「上場会社の株はマーケットで値段が決まる。日によって上がったり下がったりするし、一日のうちでも上げ下げがある。誰が買うにしても売るにしても、一定の値段が出てくる。それが株式市場ってものだ。誰だって１円でも高く売りたい、安く買いたい、ってのが本音だからな。ところが、非上場会社の株には値段がついていない。市場がないからだ。しかし、いくらなのかが上場株のようにわからないだけで、売買するとなれば値段がついてくる。値段を決めなきゃ、売買なんてできはしない。世の中で同族会社の株が売買されるのは会社全体が売買されるときだ。会社を支配するだけの株、過半数の株ってことだな」

　ここで大木は一息いれた。高野は真剣な顔つきで大木を見つめている。いつもそうした素直な男だった。長い付き合いの間柄なのだ。

「ただし何ごとにも例外はある。その例外ってのが同族会社の少数株主の株の譲渡だ。非上場会社のことだから、そんな少数株の売買なんてことになれば、ま、会社の言いなりだ。会社かオーナー社長以外には買い手がいないからな。会社全体を売るとなれば売買は相対《あいたい》で決めるものだから、まったくの自由だ。本当に利害のない関係での相対なら、税務署の文句なんてない。だけど、少数株ってことになると哀れを極める。前にいくらいくらで取引されたことがある。それで決まりだ。それだって、オーナー社長が買ってくれるという場合のことだ。オーナー社長でもなければ、非上場会社だから、誰も少数株に価値があるなんて思っていないさ。非上場株ってのは過半数なきゃ話にならないのさ。まともには売れない。まともっていうのは、会社の本当の価値だ。もし会社が上場していたらいくらの値段がつくかってことだな。もちろん、細かいことを言い出せば、たとえばまとまった数を或る程度持っていて、もう少しで過半数になるということもある。何人分かまとめて初めて過半数、ということもある。できれば１００％

になるといい。大企業が非上場の子会社を売るっていうのもよくあることだ。会社を売るってことは株を売るってことだ。いずれにしても会社の値段だ。経営権といってもいい。資産と利益を生み出す力が評価の対象になる。要は、会社を支配できるだけの株数かどうか、だ。過半数なら株主総会で取締役を選ぶことができるから、まちがいなく支配権がある。経営権を取れるってことだ。だが、株が分散していることもある。たいていは一族が過半数を押さえているものだ。そうでなければいつも経営権の争いになって、結局会社が潰れるから、どちらかが金を出して相手の株を買うことになる。そういう一族を同族という。さっきも言った6親等内の血族か3親等内の姻族のことだ。妙に広い。たとえ、よく知らない人間でも同族ってことに税務署にされてしまう。だから悲劇が起きる」

「なあ」

高野が口を開いた。

「悲劇が起きるって、つまり相続を放棄すればいいんじゃないのか？　相続ってのは、放棄するのは自由なんだろう？」

大木はにべもない。

「放棄ってのは、全部放棄するか全部相続するか、どっちかしかない。この株は要りません、でも自宅は残したいんですってわけにはいかない」

「そうか。でも、待てよ。相続したばっかりに借金ができちゃたまらんという人のためには限定承認て制度があったじゃないか」

「ああ、ある。詳しいな。限定承認てのは、相続財産で足りてる分しか払いません、てやつだ」

「それはダメってことだな。税務署が株に途方もない価値があると評価したら、税金で破産だ。俺にとっても他人事じゃない。会社名義の自宅がなくなってしまう。そこには年老いたオフクロと長男の俺たち夫婦、それに子ども2人が何十年も住んでいる。俺の子どもだからオフクロにとっては孫だ。再婚してからの子だからあいつらまだ学生だぞ。生まれ育った我が家だよ。それが、株を相続したためになくなってしまうなんて残酷なこと、どうして起きなくちゃいけないんだ」

「あの碑文谷の家だろう。なつかしいな。なんとも気の毒なことだ。だが、税務署に言わせれば『あなたはそれだけの価値のある財産を相続したんですよ』ってことだ。もっともオマエは金持っているから、お母さんの相続の際の税金なんて簡単に払えるだろうよ」

大木は職業柄そうした話に接する機会が多い。だから高ぶった調子は少しもない。

高野が反論を試みる。

「金があろうとなかろうと、理由のない金は1円だって払いたくない。第一、オマエの声はちっとも気の毒そうな声に聞こえないぞ。ま、弁護士だからな。人が死んだからって医者がいちいち涙を流していたら、仕事にならんだろうしな。でも、無茶苦茶な話じゃないか。なんにも悪いことしてないのに、オフクロが死んだからってなにもかもなくなるなんて。なんで自宅から追い出されなきゃいけないんだ？　税務署が言うのは勝手さ。それは税金取るのが役目だから仕方がないとしたって、なんだい、最高裁判所ってのは不当な権力行使から国民を守るためにあるんじゃなかったのかい？　それが、税務署の言うとおりだなんて。それって、文明国か？　え？」

高野は興奮気味だった。

銀座のウエスト　その1

「なあ、大木」

同じ話を蒸し返すときの高野の口調だった。昔から変わっていない。

「オフクロがね、言うんだよ」

喋っている自分の眉間の皺がいちだんと深くなっていることなど、高野は気にもとめない。

「『でもね、敬夫《のりお》、その株、上場してないし、先行きも上場なんてとんでもないっていう株なんだよ。それじゃどうしようもないよね。いくら川野さんの頼みだってねえ、ゴミと同じだもの』。川野というのは墨田のおばちゃんのことだ。川野純代っていう名前なんだ。オフクロのやつ、そこでわざとらしく一呼吸いれてから、しんみりとこう来た。『いえね、川野さんは配当があるって言うのよ。1株当たり年に8円。ぜんぶで3万株持ってるから年に24万円になる。だからそれを500万で買ってくれって言うのよ』って。どう思う？」

大木は苦笑いした。

「どうって言われてもなあ。川野さんて方の言うとおりなら、年の利回りが4・8％か。マイナス金利の時代だからな、えらく高く回ることになるじゃないか、とでも答えればいいのかな」

大木は、暗算をしてみせると冗談だとわかるように微笑をつくった。高野は大木の冗談にも生真面目に答えないではいられない。

「ああそのとおり、大したもんだ。だが、墨田のおばちゃんの株には流動性ってものがないからな。誰も手を出さない」

「ケインズの言うとおり。流動性はそれ自体が価値だ」

「そんなごたいそうな話じゃないさ。５００万を回収するのに20年以上かかる。第一、いつまで配当が続くのか、それどころか倒産してしまうんじゃないか。その会社の中身なんてなーんにもわからない。なんせ非上場の同族会社だからな」

「いや、非上場会社だって株主総会もやらなくっちゃいけないし、そのときにはバランスシートも損益計算書も報告しなくっちゃいけない。だから、なにもわからないってわけじゃない」

大木がそう答えると、高野は大木の顔をまじまじと見つめながら、

「ってことが実際にはどこの会社でも実行されているわけじゃないってこと、大木弁護士さんならよーくご存知のはずだ。出てきた数字だって、監査があるわけじゃなし本当かどうかもわかりゃしない」

大木はもう一度苦笑した。

「まあな。会社にもよるがな。非上場でも大きな会社ってことになると違うがな」

「そんなごたいそうな会社じゃないんだ。俺はオフクロに向かって、『株買うのなんか止めておいたほうがいいよ。墨田のおばちゃん、金がなくて困っているんなら、株なんか買わないで

お金をあげりゃいいじゃないか』って話してやったんだ」

「そしたら、『人でなし』ってか?」

大木が先読みすると、

「そうだ。オマエ、オフクロのことよくわかってるな」

高野が驚いた拍子に、アゴを突き出して頭を後ろへのけぞらせた。

大木の番だった。

「誰もが同じさ。金は欲しい。でも恰好悪いことはしたくない。だから金の無心はしたくない。金を恵んでくれとは言いたくない。株を買ってくれと言えば、無心じゃない。人のサガだ。人情だな。人情がそうでなければ、この世は乞食であふれかえっている」

「乞食? なにを言ってるのかよくわからんが、とにかく俺はオフクロに怒られてしまったわけだ。それでオフクロ、なんて言ったと思う?」

「『金持ちのオマエが買え』だろう」

「えっ」

高野は絶句した。

まじまじと大木の顔を見つめながら、

「そうなんだよ」

大木の予想どおりだった。大木は頬をゆるませると、手元のソーサーをさらに引き寄せた。未だ底にほんの少しアールグレイが残っている。

高野は指がかくれてしまいそうな眉間の皺をいっそう深くしながら、

「だから俺は、『なんでこの俺が』と簡単に返事したんだ。お断りだってね。俺は金に尊敬心を持っていない人間は嫌いなんだ。金を尊敬しないやつは金に見放される。当たり前だ。不愛想に響いたのかな。オフクロのやつ、俺の顔をキッと睨みすえるなり、『ねえ、オマエが買ってあげておくれ』と畳みかけてきた。『え、いやだよ。なんでこの俺が』って思わず声が大きくなっていたよ。そりゃそうだろう。誰だってドブに金を捨てるようなもんだってわかる。ところが、オフクロときたら俺の話なんてちっとも聞いちゃいないんだ。『だってオマエ、お金いっぱい持ってるじゃないか。少しくらい人助けしてやっても罰は当たらないよ。なにも金を恵んでやってくれって言ってるんじゃないんだ。ただ、墨田のおばちゃんが困っているから、持ってる株を買ってやってやってくれって頼んでるだけなんだからさ』。参ったね。俺はオフクロに向かって言ってやったよ、『なに言ってるんだい。この世に気の毒な人がいったいどれだけいると思ってるんだ。何億人、何十億人だよ。その人一人ひとりに1円ずつでも上げたら、いったいいくらになると思ってるんだ？　そんな財産、俺は持ってない。ダメ、ダメ』」

するとと大木がすかさず、

「そしたら、お母さん、『敬夫、オマエは間違っている。墨田のおばちゃんは昔からの友だちで、今、困りきっているんだよ。昔、私が子ども、オマエだよ、子どもを抱えて困っていたときに何度も助けてくれたことがあった。その人が困っているんだよ。そんな人が目の前にいるのに助けてあげなかったら、オマエはなにもできない人間ってことになるんだよ』とかなんとか、かな」

もう高野はびっくりしなかった。

「ああ、そうだ。そのとおりだ。オマエ、よくわかっているな。オフクロのやつ、俺の恩人なんだと言ってたよ。そう言われて俺はなるほどと思ったんだ。今の俺にとって５００万は大した金じゃない。たぶん俺は、世の中の平均の50倍くらいの金を持っていると思っている。だから、墨田のおばちゃんに渡す金は世の中の平均的な人の財布から言えば10万にもならない。自慢で言うんじゃないが、可処分所得で言えばもっとかな。５万とか３万とか、そんなものだ。俺が墨田のおばちゃんの株を買ってやれば、墨田のおばちゃんは喜ぶ。それだけじゃない、親孝行にもなる。オフクロは墨田のおばちゃんを喜ばせてやれるだけじゃない。恩返しができるし、なにより自分の息子が温かい心を持った立派な大人になっていると実感できる。オフクロもう先は長くない。喜ばせてやれることは多くはないしな。こんな気持ちになったのには、きっかけがあってね」

高野は、話したものかどうか少し躊躇している様子だった。しばらく黙っていて、自分で自分を励ますように口を開くと静かに話し始めた。

「この間、銀座のウエストって店に行ってね。知ってるだろう、１９４７年からやっている店だ。なんと俺たちより年上だ。古い内装に、ダックスフントみたいな脚の短い昔風の椅子がならんでいて、おまけにレースのついた白い木綿のカバーまでかかっている。昔のレコードの厖《ぼう》大《だい》なコレクションが、わざわざあつらえた木製の何段もの棚に収められていてな。あそこに行くと、ＬＰレコードを２０００円も出して買っていた時代の自分に対面するような気がする。

そのウエストに、ひさしぶりにオフクロと女房の3人で行ったんだ。奥の4人がけの席だった。俺が奥に、向かいに女房とオフクロだ。てんでに甘いものやコーヒーなんかを頼んでね。俺はフレンチトーストを頼んだ。青山のウエストじゃ食べられないからな。青山の方は新しくて、高い天井に広々した座席配置になっている。窓の外の樹々の下にまで席があって、こいつが道路の向こう側の緑したたる青山葬儀所ととても好い対称なんだ。前はフレンチトーストも出してたんだが、いつの間にかなくなった。それで銀座の店にまで出かけたってわけだ。3人でわあわあやっている向こう、少し離れた店のまんなかあたりの2人がけの席に老人が独りきりで座っていた。

俺の席からは目に入ったんだが、2人の位置からは目に入らなかったろうな。だいぶ薄くなった白髪で、灰茶色のツイードのジャケットに薄いピンクのポロシャツを着ていた。酒落たなりだ。どこから見ても立派な紳士だな。それなりの社会的地位にあった人にしか見えない。いや、いま現在も社会的に枢要な立場にあるようでもあった。その老人が、ちらちらと遠慮勝ちながらしきりに2人のほうへ目をやるんだ。初めは女房を見ているのかなと思った。オマエの前だが、俺の女房はアラカンなんだが、どうしてどうして女としての色気が首筋のあたりにただよっていて男の気をそそるところがある。いや、もちろん年寄りの男に限られるがね」

「たとえばオマエとか、か」

大木はにやりとした。高野は意に介さない。

「そのうちに気がついたんだが、その老人、なんとオフクロを見ているんだ。へー、やっぱり年寄りの男は年寄りの女に関心があるのかな、どう見たって女房のほうが好い女だし素敵だろうが、なんて俺が勝手なことを考えていたら、その老人、思い切ったように席を立つと俺たちの座っているほうに近づいてきたんだよ。

『失礼ですが、突然話しかけるご無礼をお許しください』

と落ち着いた声で丁寧に挨拶した。

オフクロの顔をまじまじと見つめながら、

『ふしぎなことがあるものです。本当に、なんとも失礼なことかとお恥ずかしい限りですが、どうかお許しください』

もう一度丁寧に許しを請うてから、オフクロに向かって、

『あなた様が死んだ家内にとても似ているんです』

と来た。真顔だ」

銀座のウエスト　その2

「『こんな話をしても他人様には関係のないことですし、仕方がないことなのですが、ごらんのとおり私の老い先も長くありません。今日お見かけして、この機会を逸すれば二度とお会いすることはないかと思い、どうしても話しかけずにはいられなかったのです。どうかくれぐれも無作法をお許しください』

なにも聞かれたわけでもないのに、自分から、
『妻を思うと、後悔ばかりなのです。妻が死の床にいたとき、私は仕事をしていました。海外にいたのです。サハラ砂漠の真ん中でした。私はいつも仕事ばかりしていました。そのころ、20年ほど前のことでしたか、病気の奥さんの面倒をみるからと市長を辞めた男の人のことを新聞で読んだことがありました。へえ、と思いました。そのときの私には理解できなかった。でも、今はわかる。わかりすぎるほどわかります。

私の場合は、もう妻は亡くなっています。後悔しているというのではありません。そのときの私は私なりに必死でしたからね。でも、身勝手だった。今となってみると、私は私が許せないのです。妻を愛していたからじゃないんです。外からはそう見えてもほんとは違う。自分が問題なんです。どういう自分でいたいか、なんです。自分というのは、しょせん自分で定義するものではありませんか。私はどうして寝たきりでいる妻の傍にいてやらなかったのか。仕事をしなくなってみると、生きてきた自分の中身はなんだったのか、自分とはなんだったのか、と毎日毎日考えないではいられません』

俺は思いもかけない告白話を、まじまじとその老紳士の顔を眺めたまま黙って聞いていた。
『実は、自分の一生は妻と生きていたということ以外のなにものでもないはずなのに、と。それなのに、私はそいつを投げ捨ててしまった。まことに古い表現ですが、弊履のごとく、です。穴のあいた靴のように』

言い終わると、なにを思ってか老人は、オフクロと女房とその隣に立っていた若い女性店員

をかわるがわる眺めていた。俺は思ったね。
〈命短し。そのとおり。しかし、恋をしようとしまいと、人間だれもが歳を取り、いずれ死ぬ。その瞬間が過ぎればなにもかもなくなる。楽しくても悲しくても、どんなことがあっても過ぎてしまえば同じことだ、と。でも、その老人にしてみれば、亡くなってしまった妻の面影を宿した女性、俺のオフクロだ、それも歳恰好がもし生きていたらこんなか、という老女、その姿をした女性に出逢ってみると、もう矢も楯も堪らなかったってことなんだろうな。10年前の俺にはわからなかったろう。滑稽なことを言うじいさんだとしか思わなかったろうな。でも、今の俺、68歳になった俺にはわかる。もう先はないんだ。目の前の紳士だけじゃない。この2人の女連れの俺という別の男にも、な〉

オフクロはときどき会うことにしたらしい。『あちらさんは失望するだけでしょうけどね』と言いながら、うれしそうだった。女は凄い。それでね、俺は思ったんだ。あの老人、ひょっとしてオフクロのこと知っていたんじゃないかって。お互いにわかっていたんじゃないかなって。年下なんだよな。ま、5歳ってとこかな。母親が30のときなら25か。オフクロ、30のときなにしてたかなあって思い出してみた。よく覚えてない。俺は10歳になるかならずだ。父親はいなかった。独りで、貧血なのかよく布団に横になっていた。どんな仕事をしていたのか子どものことだからわかりようもない。とにかく金を稼いで、俺を食わせてくれていた。大変だったんだろうな、と後になってつくづく思ったよ。1959年、昭和34年ころの日本だからなあ。母親の実家も貧乏で頼りにならなかったしな。巷では『黒い花びら』が流行っていて、水原弘が太い眉毛を寄せて歌っていた。『黒い花びらぁ』ってな。それにしても、あの老紳士は自分の女房と似ているからなんて言っていたが、それだけじゃなさそうで、オフクロのことがしんから懐かしそうだった。つくづく人ってのは、男がいて女がいて、それしか中身はないって気がする。そうかもしれない。妻がいなくなったら妻への執着が生まれる。仕事がなくなれば仕事がしたい。人の心はままならない。オフクロは俺を苦労して育てた。金の苦労だ。俺は昭和24年に生まれている。日本が世界を相手にした戦争に負けてまだ4年しか経っていなかったときだ」

「俺も同じだ」

大木が相の手を入れる。高野はニヤリとして続けた。

「父親の顔を俺は知らない。オフクロは俺がまだ小さな子どもだったころ別れたらしい。金を家に入れない男だったから、と後で聞いたことがある。金を家に入れない男なんてのは、首のない男だ。俺はそう思って生きてきた。オフクロのことを思うと、いまでも不憫に思う気持ちに囚われる。かわいそうでならない。病気がちで働くこともままならなかった、世間のこともわからないほどにうら若い女性だったオフクロのことを、68歳の俺はしっかりと抱きしめてやりたい気がする。俺の父親なる男とオフクロの間に本当のところなにがあったのかはよく知らない。俺の父親だ。血筋からいって浮気者だったとしてもちっとも不思議じゃない。会ったことはない。俺なりの理由があって、実の父親に会うのは不義理で申し訳ないという気持ちで、とてもできなかった。もう死んだ。この世にはいない。どこで死んだのかも知らない。調べればわかるが、俺にはできない、したくない。

　要するに、俺に人並みの人生をスタートさせてくれた男への義理立てってことになるかな。オマエにも話したことはなかったろう。母親が33歳だったときだ。俺は13歳だった。昭和37年。高度成長真っ盛りだ。或る男が月々多額の金を出してくれるようになった。俺は中学生だった。その男のおかげで俺は当たり前のように高校に通い、さらには浪人までして大学にも行ったってわけだ。この男が俺のこの浮世での父親ってことだ。義理がある。感謝している。とても感謝している」

　高野の目には涙がうっすらと滲んでいるように見えた。大木は気づかないふりをした。高野は真っ白な洗い立てのハンカチを出すと目頭に軽く当てた。

「こいつは家内がいつも洗ってくれている。俺はなにもしない。使用済みのハンカチが自動的に洗い立てのハンカチになって、ズボンの左ポケットの底、定位置だ、そこに収まっている」

　そう照れるように言いながら、高野はハンカチをしまうと、ティーカップに手を伸ばした。

「で？」

　大木が先をうながす。

銀座のウエスト　その3

「オフクロの金回りが急に良くなったっていうのは、身近にいてよくわかった。それまで、子ども心にも、オフクロが金に苦労しているってことはよくわかっていた。たびたび金貸しらしき男たちが訪ねてきて、おびえたものだ。オフクロにお母さんはいませんて言えと教えられて、そのとおりを泣きながら男たちに話した。オフクロは俺たち2人の生活の金をどうやって作っていたのか。田舎に両親はいたんだが、とても頼ってはいけない風だった。もう言ったか？

そんなことが何度もあった。そのたびにオフクロは、最後は墨田のおばちゃんのところに出かけていったんだ。小学校からの同級生だと言っていた。金を借りに行っていたんだ。何度もあった。それでもオフクロは借りた金はきちんと返していたようだった。そういう性格の女だったからな。33のときにその男に出逢ってから、オフクロの生活は変わった。住むところに始まって、着るもの食べるもの、急に格上げって感じだったな。子ども部屋をもらって、そこに立派なベッドと机、それに本棚つきだ。真新しい小さな花柄のカーテンがきれいだったな。ソファなんてものを家のなかで見たのは初めてだった。『敬夫、オマエ必ず大学に行くんだよ。これからの時代、大学くらい出ていないと世間に出たときに困るから。お母さんがきっと出してやるからね。そのためならお母さんはどんな苦労だってしてします。この身は惜しくありません』。オフクロはそこまで言ってくれたよ。

今さらだけど、ふっと思うことがある。オフクロって女は、女性としての性の悦びってやつを知っていたのかな、って。息子が母親について考えることじゃない。だけど、気になるんだ。多分、なにも知らなかったんだろうな、ただただ男に求められるままに生きてきたんだろうなって。いや、本当は自分でもその男との関係を必要としていたから、照れ隠しだったのかもしれない。俺のためだけって気はしなかった。体の弱いオフクロはもう生活に疲れきっていたんだろうな。無理もない。とにかく、俺には性の匂いのする記憶がないんだ。その男はオフクロと俺が住んでいる碑文谷の家にはたまにしか来なかったな。その碑文谷の家、オマエもよく知ってるだろう、あそこはその男が買ってくれたんだ。そうオフクロが言っていた。自分にとっては神様だなんて。

だから、あの家は俺たち親子にとっては特別のものなんだ。ただの不動産じゃない。もう俺も中学生だった。どうして赤の他人がオフクロに家まで買ってやるのか、ぼんやりとはわかっていたさ。だから早く社会に出て働いてオフクロを楽にしてやりたい、なんて思っていた」

「そうだったのか。そういえば、オマエ、大学には行かないみたいなこと言ってたよな。それから、悪童仲間がタバコを吸ったりしているのにも、嫌悪感剝き出しだった。親の金でタバコか、って」

「オフクロは男とは碑文谷の自宅とは別の場所で会っていたらしい。それも男が持っていた家だ。ま、その男はそれほど財産を持っていたってことだ。ほんとにたまにだが碑文谷の家に来ることがあって、そのときに俺の顔を見るとなんだか嬉しそうだった。自分のところには子どもがなかったらしいからな。俺の成長ぶりを見たかったのかもしれないな、ひょっとしたら俺が自分の子どものような気がしたのかもしれないなんて、後で思ったよ。オフクロとの関係を世間から隠さなくちゃならない理由があったんだろうな。今風に言えば不倫か。死んだとき、オフクロには碑文谷の家と暮らしに困らない金が入るように貸家をいくつか残してくれていたそうだ。立派な奴なんだなあ、男の人生って、そうでなくっちゃいけないって俺は思ったね。もう商社は辞めて野心満々、不動産の商売を始めていたころだけど、いや、だからこそ、そう思った。そう言えば、あの男はどんな商売をやってあんなに金を持っていたんだろうか。いまでもわからない。オフクロは葬式に行ってない。俺は、オマエと飲んだくれていたんじゃないかな。あ、済まん、済まん。こんなこと、相談と何の関係もないことだった」

「いいや、大ありだ。俺はオマエのお母さんがとっても素敵な女性だったのも、高校生ながらよく覚えている。それに碑文谷の家も。小さな、瀟洒《しょうしゃ》な一戸建てって感じのとこだったよな。そこに太り肉《じし》で色の白い、肌のきれいな熟れはじめた小柄な女性が住んでいた。そうだったのか。そんなことがあったのか。体が弱かったなんて、あんなふくよかで魅力的な体つきの女性からは想像もできなかったなあ。オマエの母上について不謹慎な言い方だけど、いかにも男好きのするって感じの女性だったなぁ。オマエはその老紳士にウエストで会って、昔のことを思い出したんだ。お母さんの苦労を思い出した。オマエを育てるためにお母さんがなにをしてきたのか、なにを諦めなければならなかったのか。オマエが義理立てするほどの男がいて、今のオマエがいる。もしその男がオマエならどうしたか。オマエはそう思ったってことだろう。つまり、あの男ならきっと墨田のおばちゃんの株を買ってやる、って」

高野は黙って大きくうなずいた。

「高野。オマエは墨田のおばちゃんの株を買え。なぜなら、墨田のおばちゃんは他人じゃないから。昔があって、今の自分がいる。自分のかかわった限りのことに、自分でできることをする。それをオマエは強く感じたんじゃないのかな。だから、オマエは墨田のおばちゃんの株を買うことにした、と。こうだろう？」

「そう見えるか。そうかもしれん。きっとそうだ。ほとんど言葉を交わしたこともないあの男が、俺にとっては本当は心の父親なのかもしれない。もしその男がいたら、俺のこと、『なにをためらっているんだ』って父親のように叱っただろうと思うんだ。『俺は、やるべきことはやってから死んだぞ』ってな」

「そういうことだ」

と言ってから、大木はさらに続けた。

「なんにしても譲渡承認請求ってことになるな。譲受け人はオマエの会社ってことにでもするか。碑文谷土地建物かな」

大木は高野の財産については詳細を把握している。

「碑文谷土地建物なる会社に株を譲りたいって通知を突然もらったら、墨田鉄工所では大騒ぎだな。すぐにその会社が、あの伝説の男、高野敬夫のものだとわかる。そいつが藪から棒に株を取得したいと申し入れてきたってわけだからな。こりゃてっきり乗っ取り、でなきゃ、たちの悪いゆすりだってことになる」

高野が顔を曇らせた。

「ゆすり？　なにをバカなことを言ってるんだ。違う。俺は」

「わかってるさ。だが、この世にそんな株を理由なく買うやつはいない。目の前のおばあさんが気の毒だから助けてやりたい、だから自分の金をドブに捨てるってのは、今の時代の常識にはない。常識に満ちた墨田鉄工所の社長と従業員たちは、高野敬夫なる男の出現に驚き、敵意を持つってことになるな。理の当然だ」

高野敬夫　その1

大木は話がおもしろくなってきたと感じていた。

高野敬夫は不動産で財産を作った。今は悠々自適といってよい。彼自身は世の中の平均の50倍と言ったが、おそらくもっともっと持っている。どう定義するにせよ、金持ちであることは間違いない。人は自分の財産の多寡を、たとえ顧問弁護士に対してでも、正直に言いはしない。たいていの人間は少なめに、一部の人間は多めに、それぞれ事実と違うことを言うものだ。バブルの始まる直前、36歳だった高野は勤めていた一流商社を辞めると土地を買い始めた。１９８５年のことだ。聞けば、商社に入ったのも個人で金儲けをしてやろう、その勉強には商社が一番いいという動機で決めたことだという。そういえばそんなことを言っていたっけと当時思ったが、大木もバブルの時代の弁護士として忙しく立ち働いていたのだった。高野のすごいところは、バブルが絶頂に達した89年にはもう手じまいしてしまったことだった。もっとも、そこには或る偶然が作用していた。にわかに大金をつかんだ高野の女性関係が原因で、商社で知り合った妻と別れることになってしまったのだ。原因になった女性と一緒になりたい一心で、高野は妻からの財産分与と厖大な慰謝料の要求をいとも簡単に呑んだ。土地は、整理してみると150億になった。もともと妻の父親の信用で借りた金から始めたのだ。高野には妻の言いなりになる理由があった。

高野が土地を処分したいと告げると、銀行は『いまお売りになるんですか。なんとももったいないことで』といちおう渋ってはみせたが、あっという間に次の買い手を探してきて、売買を急がせた。貸付がまた増えたと担当者も支店長も大喜びだったのだ。買い手には困らなかった。

手取りが100億だった。30億を妻に渡し、高野はしばらく日本からいなくなった。新しい妻の英子と手に手を取って、まずニューヨークへ渡りザ・セントレジス、パリのプラザ・アテネ、ロンドンのザ・コンノート、といった高級ホテルとミシュラン片手にレストランを回って、日本には戻ってこなかった。

カーレーサーをやっていた友人が、ヨーロッパの上流クラスというのはこういう人たちなのだという連中をつぎつぎと紹介してくれた。

「どこへ行ってもシャンパンだ。どうして連中はシャンパンがああも好きなのか、不思議な気がしたね。でも、素晴らしい経験をした。パリのオテル・ドゥ・クリヨンでのことだ。あそこの入り口近くにアンバサドゥールというフレンチ・レストランがある。そこに英子と二人で行ったんだ。いや、前の晩、飛行機の中で風邪をひいてしまったらしくてね、体調が悪かった。今晩は止めようかと言ったら、いつもなら簡単にオーケーしてくれる英子が、『ここはダメ。予約をとってもらうのにこの間のパーティでお会いした若いフランス人のお友だちに頼んだのよ。彼、ジャン＝クロードっていったかしら。〝やっととれたぞ、でもキャンセルなんてするなよ〟って。私、〝日本人はそんな品の悪いことしません〟って言ってやったの。だから、今日は無理してでも行って。お願い』と来た。仕方なしに行ったさ。確か胎牛のグリルかなんかを頼んだっけな。あ、シャンパンの話だった。砕いた氷であふれんばかりの大きな桶のなかに何本ものシャンパンが無造作にぶち込んである。そこから好きなのを選べってわけだ。美味しかったな。名前をたずねたら、91年のテタンジェだと教えてくれた。

それまで、シャンパンてのは、結婚式のカッコづけでなきゃ、飛行機に乗ると只で飲ませてくれるオマケくらいにしか思っていなかったんだ。そいつが、とんでもない思い違いだったんだと身に染みた。人によっては人生を賭けるってのもわかる気がした。ああ、あのころにゃこんなこともあった。これは日本人なんだがね。ほら、バブルの紳士と呼ばれた男の一人さ。そいつが、ボーイングから737を買うっていうんで、話を聞かされたんだ。文句たらたらさ。なんでもそのジェット機にサウナを設《しつら》えてくれと頼んだのにやってくれない。金はいくらでも出すと言ったら、ダメです、規則だからの一点張りだっていうんだ。ジェット機に乗ってまでサウナかよ、と思ったけど、ま、友だちだからな。適当に合わせておいた。そんな時代だった」

大木が離婚の手伝いをした。前の奥さんの要求する目を回すような金額をいとも簡単に高野が承知したから、さして手間はかからなかった。大木への報酬も、どうせ8割は税金だからオマエに払うのは実質2割で済む、といって気前よく払ってくれた。

「大木、お世話になったな、ありがとよ。人間、見切りが大事だ。なんだかこうしろって誰かが背中を押してくれている気がしてる。ありがたいことだ」

そのときの高野の言葉は大木に強い印象を与えた。それにしても見切りが早すぎると言おうとしたが、高野は「交渉好きの弁護士なんかにゃわからない世界がこの世にはあるってことだ」と、端《はな》から取り合おうとしなかった。

そのとおりだった。

バブルが崩壊して、ほんの半年の間に、高野が坪7000万で売った土地が1000万でも買い手がつかなくなったと聞き、

「大した奴だよな、オマエも」

大木は高野の決断をあらためて国際電話越しに誉めた。すると、

「いや、俺の場合は運命だったと言うほかないな。俺が英子に出逢って、惚れて、口説いた。前の女房にはなんとも済まないことになった。すべて俺が悪いんだからな。だがな、大木。今でも、他にはどうしようもなかったと思っている。俺がやったんじゃない。俺が生まれたときから決まっていたことだとでも言うしかないような、そんな気がした。卑怯かもしれんが、俺の実感だ。英子にも苦労させた。あのときにゃ、本当を言や、泣きの涙で土地を手放したんだ。あんまり悔しいんで誰にも言わなかったけどな。だけど、英子に出逢ったのは俺が決めてしたことじゃないからな。逢ったら、もう一本道が目の前にあって、左足が前に出てたってことだ。残った右足はまだあっちを向いたままだっていうのにな。時間がある。おかげで柄にもなく美術館を回って絵を眺めるっていう、新しい人生も拓けた。なんせ、飯を食ったらほかにやるこ

とがない。ゴルフばかりじゃ飽きちまう」

大木は旅先から何度か絵葉書をもらっていた。ウィーンに美術史美術館というおもしろい名前の美術館があるということも、高野のおかげで知ったことだった。コレッジョという16世紀の絵描きの名前もそのときに教えられた。送られた絵葉書にコレッジョの『イオ』という作品の写真があって、それが目を引いたのだ。黒い雲に変身したゼウスがイオという若い女性を抱きしめ口づけしようとしていた。一見しただけではわからないが、よく見ると黒雲のなかにゼウスの顔が浮かび上がる。

高野は日本に帰ってからもぶらぶらしていたが、そのうちバブル崩壊で極端に値下がりしたビルやゴルフ場を買収したいと言い出し、大木はその手伝いをした。バブル紳士のリターン・マッチだと言われてマスコミも騒いだものだ。何とも凄い、ノストラダムスのような奇跡の予知能力を持った男と祭りあげられたりもした。今度はキャピタルゲイン狙いではなく、いくら家賃が入るかだった。高野は大いに成果を上げ、そうやって得た資産の維持管理が高野の今のビジネスということになっている。家賃が年に10億は下らない。

もう働くのは止めにしたと宣言して、本当に止めてしまってからもうずいぶん時間が経つ。

高野敬夫　その2

高野は夕方の6時を待っている。

「さすがに昼からは酒を飲む気になれなくってな」

夕方6時ちょうどになると高野のドリンクタイムが始まる。

シャンパンから始まる。ルイ・ロデレール・クリスタルがお気に入りの銘柄だった。

「こいつは、昔、ロシア皇帝だったアレクサンドル2世も愛飲したそうだ。パリのアンバサドゥールで聞いてきた。贅沢三昧の皇帝の特注品で、クリスタルボトルのうえラベルも金色、毒薬を入れられるのを防ぐためとかで底がフラットと手がこんでいる。確かに毒薬は怖かったろうよ。知っているだろ。このロシア皇帝はナロードニキに暗殺されたんだ。1881年のことだ。テロだよ。殺した仲間にはヴェーラ・フィグネルという22歳の女性もいた。同志を前に『私は農民に交わろうとし、拒絶されました。どこで、なにをすれば人民のためになるのかを私に教えてください。私はなんでもします』と嘆き、皇帝暗殺というテロに走ったわけだ。大変な美女だ。しかし、彼女が美人だったことが気になること自体、自分が恥ずかしい気がするよ。20年間監獄で過ごして、また革命の世界に戻った。凄い人だ。その後、89歳で死んだ。殺された皇帝の子どもがアレクサンドル3世だ。パリにその名の、金箔を貼った華麗な橋がある。橋を造ったのはその息子でニコライ2世という。彼もロシア革命で殺された。ああ、殺した側のレーニンもこのシャンパンを愛したそうだ。シャンパンてのは、なんとも凄いもんだな。それに、シャンパンは泡が出る。バブルを生きた俺にふさわしい。俺は自分の書斎を泡果菴《あん》と名付けている。

シャンパンを半分空けたところで、白と赤のワインを開ける。ブルゴーニュが多い。しかし、ボルドーのこともある。シャトー・ラトゥールでなければシャトー・マルゴー。でもいつもそうとはいかない。第一、もう昔のようには飲めない。すると、おかしなものだが開けただけで手付かずってのが惜しくなる。金がないわけじゃないが、半分捨てると思うと栓を抜く気になれない」

運の良い男もいるものだ。運だけでないことは、誰よりも大木がよく知っていることだ。しかし、高野のことを思い出すたびに大木は運の良い奴だと思わないではいられないのだ。

「で、俺になにを相談しようっていうんだ？　譲渡承認請求をすれば、たいていは断られる。だから、価格交渉になって、最後は裁判所へ、ってことだ。法治国家だからな。すべて最後は裁判所に流れ込む。それなら俺にとってはルーティンの仕事だ。ブレドゥンバターだな。パンとバター、日常の飯の種だ」

大木が先をうながすと、高野は、

「そんな目先のことじゃない。俺はな、俺のやることには一理も二理もあると思う。だってそうじゃないか。墨田のおばちゃんはあまりにも理不尽な目に遭ってる。墨田のおばちゃんはオフクロの無二の親友だ。だから助けてあげたい。オフクロに言われて俺は決心した」

「そうだな。で、あまりにもという理不尽てのはどういうことなんだ？」

「墨田のおばちゃんのご亭主が作った会社だったんだ。ご亭主が死んでしまったので会社の専務として、ご亭主の右腕だった義理の弟、専務に経営を引き継いでもらった。なにせ１００人以上の人間を雇っている会社だったからな。社員を放り出すなんてことはできない。連中には代わりの仕事なんて簡単に見つからない。見つかったとしたって、給料は下がる。ほとんどは中年男で家族持ちだ。老いた両親を抱えて介護しているっていうのも少なくない。だから義理の弟が跡を継ぐと承知してくれたときには墨田のおばちゃん、正直言って有難くて拝みたいくらいだったそうだ。ま、そりゃそうだよな。

株なんて、墨田のおばちゃんにゃなんのことだかわかりゃしない。ご亭主がすべての会社だった。株は、妻、つまり墨田のおばちゃんや家族に分散してあったらしい。税理士の入れ知恵だな。相続税対策っていうので株の名義を散らすってのはよくある話じゃないか。実際に一文も金を出しちゃいないのを株主ってことにする。義弟も株主名簿の上では15%ばかり持っていることになっていたが、同じことだったらしい。会社はうまく回っていた。結局、会社の株は税理士のアドバイスもあって、3分の1が義理の弟、3分の1が墨田のおばちゃん、残りがその他ってことになったそうだ。ところが不幸なことにその義理の弟が死んでしまったんだ。それまでに墨田のおばちゃんは、相続した株を少しずつ義理の弟に買ってもらっていたから、義理の弟が死んだときには半分近くは彼の名義になっていた。その後、義理の弟の長男が会社を継いだ。墨田のおばちゃんは相変わらず金が要るようになると、その新しい社長になった甥に話して、少しずつ自分の株を売ってきた。ところが突然、甥が買わないと言い出した。それで困ってしまったってわけだ」

「そうか、甥は株の過半数を握っちまったってことか。もうそれ以上は要らないからな」

「そういうことだ。半分どころか3分の2は押さえたってことらしい」

「でも、創業者の奥さんだし、自分にとっちゃ義理の伯母さんになるんだ。買ってやりゃよさそうなものだがな。もう老い先も短いんだし、伯母さん孝行にもなるじゃないか」

「そういう問題ではない。長男が買わないのは、ギブン、与件だ。それがあるから、すべてが始まる。ここでの問題は、他の誰にもその株は売れないってことだ。正確には、誰にでも売れる理屈だ。そうだろう？　だが、現実には買い手なんかいやしない。世の中、それでいいのか？　オマエ、どう思う？」

　高野は眉間に力を込めて皺をますます深くしながら、大木に問いかけた。

「俺はおかしいと思う。フェアじゃない。そうじゃないか。俺は断固墨田のおばちゃんの株を買って差し上げる。他人である俺が買うのなら安くても税務署を通るんだろう？　会社が買えば、たとえ第三者をダミーに使っても、高い評価のはずだ。それが大日本除虫菊の事件の意味だろう？」

「そういう風に考えるのか。素人の強みだな」

「そうだ。誰でもはじめは素人なんだ。俺が昔土地を買って大儲けしたときもそうだった。プロと称する連中は、ちょっと値上がりすると『もう売り時です』と来る。そんなせっかちで軽薄な考えじゃ大きな金儲けはできない」

「わかった。できるだけ高く会社に買い取らせればいいんだな」

「いや、金がたくさん欲しいってわけじゃない。そんなことはどちらでもいい。フェアな値段ならそれで十分だ。墨田のおばちゃんが目の前で困っている。オフクロが助けてあげてくれと言う。俺にはそれができる。俺はそれだけでいい。もし500万より高い値段になったら、全額墨田のおばちゃんに差し上げる。もともと彼女に帰属していた価値だからな。ただし、弁護士さんの費用を引いて未だ余りがあったらって話だがな」

「たぶん、余る。いい話だ。とてもいい話だ」

大木がつぶやいた。

譲渡承認請求　その1

高野は大木の事務所からの帰り、さっそく車中から川野純代に電話した。母親を通しての話はしていたが、直接には未だ話をしていなかったのだ。待ちかねた老女の弾んだ声が小さなスマホ越しに返ってきた。とにかくお会いして、と言うと純代は素直に喜んで、いつでもどこへでもお伺いしますと応じてくれた。重ねて高野が、そのときにお金をお渡しするつもりだと言うと、スマホの向こうからはっきりと、はい必ず株券を持っていきますからどうぞよろしくという声が一段と大きく高野の耳に響いた。会う日時と場所を決めてから高野が、その場でお金をお渡しさせてくださいと最後にもう一度付け加えるともう純代はすっかり上の空だった。お金が、それも500万円の現金が即座に貰えるとわかれば、ほかはどうでもいいようだった。

高野にとって、墨田のおばちゃんといつも呼んでいた女性、川野純代に会うのはいったい何年ぶりのことだったか。高野が大人になってからもときには母親のところを訪ねていたので、そんなときに顔を合わせれば簡単な挨拶くらいはしたことがあった。しかし、それ以上のことはない。
もう長い間会ったというほどの記憶はなかった。ご亭主の葬式にも高野は参列していなかった。それほどの関係ではなかったのだ。とにかく、誰が見ても金を持っているということがあからさまにわかる恰好で、馬面という言葉で呼ばずにはおれない長い顔に塗れるだけ塗ったという化粧をしていた記憶があった。周囲があっと言うようなものを自慢気に身に着けていた。〈会社に入ることが決まった時に、お祝いに背広をあつらえてやるからと日本橋の三越に連れていってくれたことがあった。たぶん、そいつが会った最後なのではないか。もしそうなら45年も前のことになる。してみると、人の声というのは年齢によってそれほど変わらないものなんだな〉
先ほどの電話での若やいだ声を思い出しながら、高野は背広をあつらえてくれたときの墨田のおばちゃんを思い出していた。大きな紅色や緑色や藍色の宝石の指輪、ダイヤモンドの首飾り、派手な、シャネルとおぼしき衣装。40歳を少し過ぎたくらいの墨田のおばちゃんは、香水の匂いにすっぽりと包まれた女性だった。黒い背広を着た三越のそれらしい中年の男が、墨田のおばちゃんの姿に気づくなり駆け寄ってきて腰の低い挨拶をした。当時の彼女にはそういう暮らしが日常だったのだ。
いずれにしても、高野の就職祝いの背広代も当たり前のように会社の経費で落とされたに違いなかった。もっとも当時の高野にはそんなことの意味がわかるはずもなかった。ただ、周囲の新入社員が安物の既製の背広を着ているなかで、英国製のテイラー・メイドの背広を一着に及んでいた高野は、少しだけ鼻が高い気がしたのを覚えている。なんでそんなことが自慢だったのかと、いまでは滑稽な記憶でしかないが。

昭和40年代後半のことだ。45年前。高野が会社に入った年、田中角栄が総理大臣になった。列島改造を唱えていたらオイルショックが起きて狂乱物価になってしまった。だが、墨田鉄工所の事業はまだまだ盛んだったのだろう。あるいは、妻である彼女がなにも知らなかっただけで、社業は左前だったのかもしれないが、とにかく妻の浪費を支える程度には会社は無事に続いていた。4年後、ロッキード事件で田中角栄が逮捕されても墨田鉄工所は相変わらずだった。

川野純代は、母親から小学校の同級生だったと聞いていた。川野純代がいたので今の自分がある。こんどの株の話で、高野の人生にとっても大恩人なのだと母親にさとされた。そうだったのだ。母親にとってたぶん思い出したくもない過去につながっている。小学校を出て運命が右と左にくっきりと分かれてしまった女友だち同士。高野はあらためて、結婚してすぐに離婚しなくてはならなかった母親のそれからの人生を考えた。

子どもがいればこそ。いつもそう言っていた。その子どもである高野は順調に大きくなり、成人し、冒険のあげく成功した男になっている。

高野は、気を遣って、川野純代を自分の会社の事務所に呼びつけることはしなかった。ホテルオークラが若いころからの高野のお気に入りだったから、ロビーで会いその別館のコーヒーショップに誘うことにしたのだ。

オークラは本館の建替え工事中だったから、高野は電話で川野純代に対してくどいくらい「オークラの本館は取り壊しているので、別館の方ですからね」と繰り返した。それでも心配で、スマホの番号を確認し、ロビーの見事な八重桜の活け込みの前で、マナーモードにしたスマホを握って立っていた。木の板に石草流とあった。どのフロアにも飾られている。

あの墨田のおばちゃんは、いったいどんなになってしまっているのか。

昔の恋人と時間をおいて会うのとは異なった、奇妙な興味のようなものが高野の胸にあった。川野は歳を取るにしたがって、ただでさえ濃かった化粧がますます濃くなってきていたが、高野は、女性の化粧のしかたというものは年齢を重ねても基本は変わらないものだと知っていたから、見間違えることはないだろうと思っていた。それに彼女の場合はますます塗りが厚くなっていて、周りから浮き上がっているに違いなかった。化粧をしているからわからないのではなく、化粧をしているから直ぐにわかるだろうと思っていたのだ。

案の定だった。88歳の女性がこんな強烈な香りの香水をつけるものだろうか、という匂いが、彼女をコーヒーショップへ案内する高野の鼻をついた。洋服のデザインも柄も20年は昔のものだった。靴も老女のものとは思えない、10センチ近くはありそうなハイヒールだった。外反母趾の足が痛々しい。そういえば、墨田のおばちゃんは背の低いことを気にしていたと思い出して顔には出さずに微笑んだ。

〈ああ、新しいものを買うことができないのか〉

高野は納得した。

目で席を探していると、顔馴染みのウェイターが高野に気がついて近寄ってきた。ウェイターが川野純代のために椅子を引き、座らせた。それを見届けてから、高野は席に着いた。

向かい合わせに座ると、挨拶もそこそこに高野は黒い小ぶりのカバンを引き寄せた。現金を入れてきたのだ。１００万円ずつ銀行の帯封のついたままの札束が五つ、一つずつ銀行の封筒に入っていて、全体が紫の袱紗《ふくさ》に包まれている。剝き出しの現金を持つことは高野の趣味ではない。いわんや、相手に札束を裸で渡すことなど考えたこともなかった。

〈別に金の価値に変わりもなかろうが〉

中身のない時候の挨拶や無意味な過去の思い出話はかえって失礼にあたると高野は思っていた。川野純代と高野の間には語るべき共通の過去はないのだ。もし語るとすれば、高野の母親の恥ずかしい過去しか出てこない。まだあった。運命が逆転してしまった、この30年の川野純代と高野の母親のことがあった。墨田のおばちゃんは夫を失い、高野の母親は子どもである高野が豊かになったおかげで金持ちらしい生活をするようになっていた。

高野は、事務的に、しかし優しさを込めて、

「墨田のおばちゃん、５００万をとにかくお渡しします。お受け取りください。弁護士に相談したら、契約は後でしたほうがいいと言うので、未だ売買契約ってことではありませんが、とにかくお金をお渡ししろというのが母の命令ですのでどうか悪くとらないで、黙ってお受け取りください」

高野は100万円の束五つを包んだ紫色の袱紗をテーブルの上に差し出した。7センチはある。考えてきたとおりの台詞を口にすると、思わずテーブル越しに頭を下げていた。

川野純代は袱紗を半ばほどいて銀行の封筒の数を目で数えると、すぐに自分のハンドバッグから株券を取り出した。古くなって角の擦り切れた薄茶色のハトロン紙の大型封筒にしまってあった。

「株券は後でいいですから」

高野がそう言うと、墨田のおばちゃんはなにも言わずに素直に元に戻した。袱紗に入った現金といっしょになって、ハンドバッグが膨れている。墨田のおばちゃんが力を込めてハトロン紙を押し込んだ。

留め金がパチンと大きな音を立てたところで、すかさず高野は、

「あ、この受け取りは弁護士が作ってくれたものですが、いちおう目を通してくださいね」

と付け加えて、自分の胸ポケットから黒のボディに銀のキャップのモンブランのボールペンを取り出すと、頭の方を彼女に向けて差し出した。

川野純代は、印刷された署名欄を埋めながら、

「まるで私がお金に困っているみたい。敬夫さん、お母さまからどう聞いているのかわかりませんけど、そういう話じゃないのよ」

「済みません。そんな意味ではありません。わかってます。そんなこと、とんでもないことです」

「そうなのよ。私、株を買いたいって方がどちらかにいらっしゃらないかしらって容子ちゃん、あなたのお母さんに話したのよ、それもほんの気軽なお話。頼んだとかいうことじゃないのよ。そしたら容子ちゃんが、株だったら息子がきっと興味があると思うっておっしゃるから、それならということになったの。そういうことなの」

「そうです、そうです、そうでした。もちろん母からもそう聞いております。母はそそっかしい人間ですから、敬夫、一日も早くっていう調子でして。ま、おばちゃん、私も柄にもなく孝行息子を気取っているところですので、お許しください」

高野は妙なやり取りになってしまったと、自分の口から次々と吐き出される軽妙な言葉を内心おもしろがっていた。目の前の、88歳とは思えない厚化粧と時代ずれのした洋服と靴を身にまとった女性は、自分を偽らないではおれないのだ。ひょっとしたら、彼女の心は40年以上前、昭和40年代の終わりころで止まってしまって、今の時代を生きていないのかもしれなかった。

譲渡承認請求　その2

ふと、高野は川野夫妻に子どもがいなかったことを思い出した。

川野純代が当然のように持参したハンコを押し終わったところで、高野は、

「おばちゃん、墨田鉄工所の株を買い取るには会社の承認がいるんだそうです。弁護士に聞いたことですから、間違いありません」

「え？　じゃあこの株は売れないの？　誰にも買ってもらえないかもしれないの？」

川野純代が小さな悲鳴のような声をあげた。

「いえ、そんなことはありません。株ですから立派に売れます。大丈夫です。

弁護士が言うには、会社には譲渡を承認するかどうかを決める権利があって、もしも譲渡先、つまりこの私が新しい株主になることが気に入らなければ、私じゃなくて、第三者に買ってもらうようにとおばちゃんに指示ができるんだそうです。でも、承認しないときには必ずどこか売り先を決めなくってはいけないので、おばちゃんの株は必ず売れるんだそうです。ですから、私でなくっても会社か会社の指定した第三者が必ず買ってくれます」

川野純代は高野の説明に少し安心したようだった。

「いやだ、なにがなんだかわからないじゃないの。そんなことより、ね、敬夫さん、あなたが引き受けました、買います、って言ってちょうだい。なにもかもお任せしますから」

「ええ、私もそのつもりです。おばちゃんには親子ともども本当にお世話になりましたから」

「そんなつもりで言ってるんじゃないのよ」

「わかってます、わかってます。私も弁護士に任せています。その弁護士が言うには、墨田鉄工所は十中八九、私がおばちゃんの株を買って、新しい株主になることを承諾してくれないだろうって言うんですよ。なんですか、こういう同族会社の株の売買というのは難しい手順が法律にあるようで。ですから、おばちゃんと私との間で売買は実現しないと弁護士が言うんです」

「え、じゃあやっぱり」

また純代の声がすこしくぐもった調子になっていた。

「安心してください。誰かが必ず買うんです。株ですからね。株というものは、第三者に売れることが当然なんだと私の弁護士が言ってました。手続きが込み入っているだけです。でも、弁護士がぜんぶやってくれるんです。私たちは横から見ていればいい」

「でも、あなたが買ってくれるわけじゃないのね。それに、時間がかかるのかしら」

川野純代は手元の膨らんだハンドバッグを胸に引き寄せた。高野はその動きにチラッと目をやると、微笑みながら、

「大丈夫、おばちゃん。だから今日、お金をお渡ししました。それは最終的に誰が買うことになっても、もう返していただかなくて結構なお金です」

純代はハンドバッグを引き寄せていた腕の力を緩めた。高野はそれには気づかなかったふりをして、話を続けた。

「私はまったく構いません。私としては誰が買い手になっても構わないのです」

川野純代は少し驚いていた。どうやら高野がなにを言い出すのか警戒している風だった。

「とにかく、この500万円を受け取っていただいて、あとは法的なことですから、すべて弁護士に頼みましょう。私もそうするつもりです。私の古くからの友人である大木忠っていう名前の弁護士がやってくれます。信頼できる男です」

川野純代の表情がまた曇った。自分がなにかしら厄介なことに巻き込まれるらしいと感じたのだ。

高野は言葉を足した。

「もちろん弁護士費用は５００万円とは関係ありません。だいじょうぶ。弁護士の金はいっさい私が負担します。おばちゃんにご迷惑はかけません」

「でも、私、なにがなんだか。こんなおばあちゃんですし、難しいことはなにもわからないの。敬夫さん、私、別にこの株を売らなくっちゃお金に困るとかいうんじゃないのよ。たまたま主人が遺してくれた資産を整理していたら、いえね、あの人、お金を稼ぐこと以外に趣味がないっていうか、仕事だけが人生っていう人だったでしょ。だから、未だにいったい何を遺してくれたのかも、私、よくわからないでいるの。よく自分の財産がどのくらいあるかわかっているうちは大した金持ちじゃないっていうけど、本当ね。私には、なにがなんだかわかんないの。会社は義理の甥のものになってしまったし。とにかくこの株が出てきたから、ああこんなのも手元にあったのかっていうだけ。でも、持っていても仕方ないからどなたかにお譲りできれば、っていうこと、それだけなのよ」

高野は、目の前に座っているどぎつい化粧をした老女の言うことがすべて嘘だとわかっていた。彼女は金に困っているのだ。それも５００万の金がすぐに必要なほどに。

借金だ。それに間違いない。高野のこれまでの人生経験がそう教えてくれる。

人は借金の取り立てにでも遭わなければ、無理な金策に走ったりはしない。売るものがある人間はまだいい。なにもなければ詐欺でも強盗でもすることになる。

だが、高野はそんな思いなどおくびにも出さない。墨田のおばちゃんは、高野の母親が子どもに食べさせるものにも事欠き、腹を空かせて泣いている我が子のために身を売ろうにもそれすらできないほどに体が弱くて困り果てていたときに、何回も助けてくれた人なのだ。もし墨田のおばちゃんがいなかったら、高野の母親は子どもだった高野を道連れに無理心中するほかなかっただろう。もしそうなっていれば、高野はいまこうしてこの世にいることはなかったのだ。

そうしたことがあればこそ、母親が墨田のおばちゃんを助けてやってくれと頼んできたのだと、高野はよくわかっていた。子どもだったのに、どうして母親が男を相手にした仕事に就いているとわかったのか。それも、飲み屋などという水商売ではなく、もっと直截な不特定の男相手の商売だったとまで。

あのころ、母親は病気がちだった。たいていは床に臥《ふ》していて、ときどき念入りに化粧をすると出かけていく。何時間かすると戻ってきて、買ってきた高野の大好物の魚肉ソーセージで夕食を作ってくれた。鼻歌を歌いながら刻んだキャベツといっしょにフライパンで炒めている母親の後ろ姿が、子どもながらに嬉しくてならなかった。いい匂いがした。やっと空腹が満たされるときがやってきたという喜びもあったが、やはり母親が傍にいて、楽しそうに鼻歌まで歌っているのが子ども心に安心を誘うのだった。だから、調理をしている間も割烹着を着ている母親のお尻にすがりついて紐の端をつかんでいた。

高野の子ども時代というのはそんな日々の連続だったのだ。

母親は、ひどく体の具合が悪いのか、布団から起き上がるのもやっとということもあった。そんなときには、ほとんど化粧もしないで、ふだんの恰好のまますっと出かけていくのだ。

そうやって出かけたときには、1時間足らずで戻ってきた。ほんのわずかの外出なのにひどく疲れてしまっていて、高野にご飯を用意してやるだけで精一杯といった様子だった。

そんなときの料理は簡単な目玉焼きが多かった。小さな、折りたたみ式の脚のついたちゃぶ台の上に細く切ったキャベツと目玉焼き、それにご飯をよそった茶碗を載せると、母親はまたちゃぶ台のすぐ隣に敷かれた布団に横になった。高野が半ズボンの細い脚を2つに折って座り、「いただきます」と箸を両の手にはさんで声を励ますと、大きな溜息が聞こえてくる。振り返って母親を見ると、母親は布団のなかでなにものかに両手を合わせて涙を流していた。

それが墨田のおばちゃんへの感謝の祈りだとわかったのは、高野が子どもを持つようになってからだったような気がする。

高野は、目の前の墨田のおばちゃんに、気のいい紳士然とした晴れ晴れした顔で言った。

「大丈夫です。会社とのやり取りも弁護士に頼むつもりです。おばちゃんは安心して弁護士に任せていればいいんです」

「でも、会社とのお話がうまくいくとは限りませんでしょう?」

川野純代は、後になってお金を返せと言われることを怖れているようだった。無理もない。手に入れれば右から左に借金の返済にあっという間に消えてしまうことが決まっている金なのだ。返せと言われたときには、もう手元には影も形もありはしない。

高野の話は、川野純代にはなんのことだかわからない。しかし、どうやら金は受け取ってしまえばもう返さないでいいらしいということだけは理解したようだった。そのほかのことには関心がない。純代の顔に微笑が浮かんだ。

「容子ちゃんも幸せね、いい息子さんを持って。私、羨ましいわ」

高野はその瞬間を逃さなかった。

「おばちゃん、ありがとうございます。ぜひ母にそう言ってやってください。でも、私が今こうしてあるのもおばちゃんのおかげなんです。母からもいつもそう言われていました。

ほんの少しでもご恩返しできて、私は嬉しいんです」

「なんだかおんぶに抱っこみたいで申し訳ないみたい。お金も全額いただいてしまって。私、すぐに使っちゃっても知りませんからね。でも私のほうは株をそちら様に差し上げることができないんですの？　会社だとか第三者だとか私にはさっぱりわかりません。株券は手元にしっかりと保管しておきますから、入用だったらいつでも言ってくださいね。あなたが買ってくれるのが私には一番いいの。申し訳ないけれど、後になってお金をお返しすることも私にはとてもできませんしねえ。だって５００万でしょう。ねえ、どれだけもつか。そう、きっとすぐに使ってしまっていますよ」

言葉のはしばしに、昔は豊かに暮らしていた片鱗が垣間見えた。きっと彼女はもうとっくに返済期限が来てしまっている、返しようのないほどの額の借金に苦しんでいるのだ。いくつもの義理のある先からなかば騙すようにして借りてしまっていて、もう誰にも合わせる顔などありはしないのだろう。高野はそう思った。高野の母親のところに無心に来たことがなによりの証拠だった。

だが、高野には高野なりの考えがあった。

「とにかく、私は母に言われて、おばちゃんの株を買うことにさせていただきました。おばちゃんには一刻も早くお金を差し上げないと。とにかくお金はお持ち帰りください。こんどは弁護士にも同席してもらって進めていきましょう」

〈まるで映画の一場面だな。88歳の、時代からすっかり取り残されてしまったような老女、それでも命のある間は生きることを強制されている女性と、たくさんの金を持っている事実を背景に残りの人生にあふれるような自信とたっぷりの余裕を持っている68歳の男が、都心にある超一流ホテルのコーヒーショップで向かい合って座っている。男が無造作に500万円の札束を渡す。映画なら、どんな経緯が2人の間にあってということになるのか。まさか何十年も前の色恋沙汰の清算ではあるまいが。たぶん、若者の胸に宿ったほのかに甘くて淡い成熟した女性への憧れのような恋物語の清算てところか。男が18歳、女が38歳とか。でも高校生だった側がどうして金を出すのかな。いったいなにを清算するというのか〉

高野は独り、心のなかで成り行きをおもしろがっていた。

譲渡承認請求　その3

1週間後、高野は大木の事務所で川野純代と対面していた。株を買う相談をしたときと同じ会議室で、今度は大木弁護士を前にして2人が並んで座っていた。

大木は微笑むばかりで、自分からは口を開かない。

高野がほんの少し身を乗り出すと、

「今日は大木弁護士にも同席してもらうことにしました」

大木が微笑みを崩さないまま名刺を取り出すと、テーブルの上を滑らせ川野純代に渡した。

「この男は弁護士ですが、なにも心配しないでください。すぐに面倒な手続きを頼まなくっちゃなりませんので同席してもらったのです。それに大木弁護士は私の高校時代からの友人でもあります」

高野がそう説明すると、もう一度大木弁護士が2人を交互に見ながら微笑みを作った。

「前回も申しましたとおり、私は買い主候補です。あくまでも候補ということです。おばちゃんが自分の株を私に売りたい、そうなったら承諾してくれるかと会社にたずねる。いえ、手続きはここに座っている大木弁護士の事務所の若い先生たちが全部面倒をみてくれます。大木弁護士のところには80人以上の弁護士がいます」

大木が、川野純代に向かって深くうなずいてみせると、再び静かな微笑に戻った。

高野の声だけが小さな会議室に響く。

「おばちゃん、会社に株の譲渡を請求します。この会社の株は会社の承認がないと私に売るわけにいかないんです。もし承認しないのだったら、誰か買ってくれる者を指定してくれ、会社が買うのでもいいという請求です。そうしたら、会社は必ず回答してきます。自分のところ、つまり会社に売れと言うか、会社の指定する第三者に売れと言うか。答えはどちらでもいいのです。ノーなら大木弁護士による事務手続きの始まりです。値段がいくらならフェアなのか。最後は裁判所が必ず決めてくれるのですから、安心です。もし、譲渡を承認します、つまり売っていいです、イエスですと答えてくれれば、やはり大木弁護士が正式の売買契約にしてくれます。裁判官がやってくれるのですから、安心です。もし、譲渡を承認します、つまり売っていいです、イエスですと答えてくれれば、やはり大木弁護士が正式の売買契約にしてくれます。もうお渡し済みの500万円を正式に売却代金として受け取ったことを確認していただけばいい。大木弁護士が書類を作ってくれて、それで終わりです。私が交代して株主になって、会社に経営の改善を求めます」

大木弁護士が苦笑した。

「でも、ほら大木弁護士が不思議な微笑のまま難しい顔になっているでしょう。大木弁護士が考えているのは、会社が売買をOKするなんてことはまずあり得ない、ということなんです。譲渡請求を承認するなんてふつうなら考えられない。会社は見知らぬ第三者が株主になるなんてことは嫌ですからね。特に買い主候補が高野敬夫では、会社も二の足どころか三の足も踏むでしょうね」

「なにせ、バブル紳士として有名だったうえに見事な復活を遂げた男ですからね」

大木が口を開いた。押し黙って高野の説明を聞いていた川野純代が、大木の一言でクスッと笑ってから、ぶすっとした顔の高野に気づいて表情を引き締めた。もう何と言われたって500万円は返しませんからね、と高野を見つめる目が言っていた。高野は表情を緩めると川野純代に微笑みかけ、話を続けた。

「いいんです。買い手は会社でも第三者でも。そのときには値決めになります。それも大木弁護士に任せてもらえば大丈夫です。おばちゃんは大船《おおぶね》に乗った気でいてくれればいいんです。会社との間で密室で値段を決めようなんて思っていません。法律にあるとおり、価格は裁判所に決めてもらいます。裁判所が決めてくれる値段なら安心ですからね」

「もう、どうなってもお金はお返しできませんよ」

川野純代の、小さな、しかし断固とした声だった。

「もちろんです、おばちゃん。売買できるんですから、お渡しした500万円がその代金ということになります。株を売った代金ですから、堂々とお持ちください」

「それでお終《しま》いね？」

川野純代がほんの少し不満気な調子で、大木弁護士の顔を見た。

「ええ、株の売買としてはそれなりの価格と税務署も認めざるを得ないでしょうからね」

「え？　本当はもっと価値のある株なの？」

「そうかもしれません。でも、買い手次第でもあります」

大木の言葉を高野が引き取った。

「おばちゃん、私は裁判所が決めた価格が最終的に500万未満でもお金を返してくれなんて申しません。逆に、500万円よりも高ければ差額はおばちゃんのものです。弁護士費用と500万円を差し引いて、すべておばちゃんに差し上げます」

川野純代が口を開いた。

「でも、それじゃあんまり、申し訳なくって。初めにお金をいただいているんですから、後はどうなっても構いません。差額をくださるなんて、それはそれで有難いお話。でも、いいんです。裁判所だかなんだか私には難しいことはちっともわかりませんけど、誰かがもっと高い値段を出したら、差額のいくらかが私に戻ってくるなんて、変。値段は売る人間と買う人間だけの問題です。私と敬夫さん。初めっから500万円に決まっています。あの会社の株は値段がそのくらいって決まっているんですから。弁護士さんのお金はいいんです。当たり前ですもの。弁護士さんに頼めばお金がかかるのはわかってます。でも、それは敬夫さんが出してくれるのよね。敬夫さんに差し上げたものが実はもっと高かったからって、私、もう全額お金をいただいているんですから、いくらかにせよ返してくださるのはやっぱり変。お受け取りするわけにはまいりません。そのくらいはわきまえているつもりです。一度お売りしたらそれでお終い。株なんですもの。その株を敬夫さんが他の人に高くお売りになったら、それは敬夫さんの才覚っていうものでしょう。私は私で納得してお売りしたんですもの、私はそれ以上1円だっていただく立場じゃないわ」

どうやら、川野純代は500万円を返すことだけを心配しているようだった。だから、自分は500万の取引ですべて終わっている、と強調しないではおれないのだ。

「わかりました。でも、裁判所がもっと高いと言ったら、もう一度私の話をきいてくださいね。おばちゃん、よくわからないかもしれないけど、私はおばちゃんにフェアでいたいんです」

「だから、最初にお金をいただいたらそれでお終い。それがフェアっていうものでしょ」

「そこが違うんだなあ。一つ大木弁護士にご説明ねがいましょう。それがいいと思う」大木の顔に三たび微笑みが浮かんだ。ゆっくりとした口調で話し始める。

「同族会社の株というのは不思議なものです。売り手と買い手の関係で値段が違ってくる。他人同士なら安くても税務署は文句を言いません。でも、同族、つまり親戚の間の売買で低い値段にすると税務署が承知しません。そりゃあそうですよね。親が子に会社の株を安く譲ることが世の中に通じるはずもないことはおわかりかと思います。つまり、会社の経営を支配している人かどうかです。経営していなければ、株を持っていても配当くらいしか意味はありません。その配当だっていつまで続くかわかりはしません。だから買い手だってつかない」

「センセ、私難しいことはわかりませんけど、この株は1株160円くらいでいつも買ったり売ったりされているんです。私はその値段で売れればそれで結構です」

「それはそうですね。でもね、会社に資産があると、表面は利益が上がっていなくても、会社が解散するとなると株の割合で株主に財産を分けるわけですからね」

「ここ、解散なんかしませんよ、センセ」

「そのとおりですね。でも、もしも解散したら1株160円よりもっともっとたくさんの金額が株主に配分されますよね。それはわかっていただけますか？」

「そんな意味もないこと。弁護士さんというのはまあ理屈がお好きなのね」

大木は苦笑した。墨田のおばちゃんの言っていることは、目の前の事実としては正しいと認めざるを得ない。墨田鉄工所が解散することはあり得ないのだ。

「でも、裁判所で会社の価値を判断するときには、解散したらいくらかという点も加味して算出するものなのです」

「変なお話ね」

「いや、そうでもありませんよ。会社というのは不思議なもので、過半数の株を握ると会社全体を支配できます」

「ええ、ええ、過半数を握れば、ね。でも私のは7％ぽっち」

「でも、7％と言っても、裁判所が決める値段には会社がどのくらい儲けているのかとか資産をどのくらい持っているのかも関係してくるのです」

「私にはよくわかりませんけど、裁判所がおっしゃることでしたら、そうなんでしょうねえ」

「非訟《ひしょう》事件、訟《うった》えに非《あら》ずと書いて非訟と読みます。ふつうの裁判と違って、勝ち負けではありません。裁判所が自分でいくらが適切かを決めてくれるのです」

「まあまあ、こんなおばあちゃんを捉まえて裁判のお話をされましても。弁護士さん、とにかくよろしくお願いしますよ」


墨田のおばちゃんと大木弁護士のミーティングが終わると、大木の事務所の弁護士たちが作業を開始した。

手始めが譲渡人である墨田のおばちゃんの代理人弁護士からの墨田鉄工所への通知書だった。大木弁護士とパートナーの辻田美和子弁護士の名前を筆頭に、15人の弁護士の名前が記載された文書が作成された。

「弊職らの依頼者であります川野純代は、御社の株720株を碑文谷土地建物株式会社へ譲渡したいので、承認してほしい。承認しないのであれば会社自身が買い取るかまたは第三者の買い手を指定されたい」という配達内容証明郵便だった。

返事はすぐに来た。なにしろ、2週間以上放置すれば会社法の規定で売り主の申し入れどおり承認したことになってしまうのだ。会社には急いでアクションを取る理由があった。

会社が自分で買うこともできる。しかし、そうなると株主総会を開かなくてはならない。他の少数株主が墨田のおばちゃんから譲渡承認のあったことを知ることになる。いずれ価格も分かる。それなら自分も譲渡承認請求をしよう、と思う株主が出てきかねない。だから、たいていはオーナーである社長自身が個人として譲り受け人になるか、信頼できる第三者に頼むことになる。社長自身が譲り受け人になれば、同族株主ということになるから値段が高くなる。譲り受け目的のために会社を新しくつくっても第三者ということにはなるが、実質は誰の会社かが問題になる。結局は社長か会社そのものという実態のことが多い。その場合はもちろん同族だから高い値段がつく。

墨田鉄工所からの回答が来たと言われて、高野は早速大木の事務所に飛んでいった。

大木がコピーを見ながら、

「やっぱりな。川野宗平ってのは墨田鉄工所の社長の名前だよな。仕方がないから買ってくださるってわけだ。買い手に京島プロパティなる会社を指定してきた。できたばかりの会社だ。代表者が木野功とある。何者か知っているか？」

「知らないな。聞いたこともない」

「代理人の弁護士さん、大飛驒《おおひだ》譲ってのは若い人だな。

こんなできたばかりの会社が、墨田鉄工所の株を買う理由をどう説明するつもりかな。供託しなくちゃならない簿価純資産額だけでも1億にはなる。だけど、土地は膨大な含みを抱えているからな。最終的にはそんなものじゃ済まない」

譲渡を承認しない場合には、会社の簿価純資産に譲渡対象の株の割合をかけた金額を供託しなくてはならない。法律でそうなっている。

「で？」

高野がたずねると大木が、

「まずは価格交渉になる。どうせ相手がこちらの言い値を呑む気づかいはないから、裁判てことだな。非訟事件だ。たいていは1年あれば終わる」

大木の答えに、隣に座った辻田弁護士がうなずいた。高野は、待ち遠しくてならないという浮き浮きした声で、

「非訟事件てのは、ふつうの裁判よりずっと早く終わるんだよな」

「ケース・バイ・ケースだ。裁判所が決める」

「川野宗平って奴は義理の甥だ。墨田のおばちゃんが何回頭を下げて頼んでも知らん顔をしていた。そいつが『私に買わせてください』と来たか。こいつは愉快だ」

社団法人　その1

高野から大木に電話がかかってきた。固定電話だから、まず秘書が出る。高野なりのこだわりなのだ。携帯に、あるいはスマホに電話することは簡単だ。大木とはそうしても当然の仲だ。しかし、相手がなにをしているかわからないのに傍若無人に邪魔立てするのは紳士のすることではないと思っている。だから、昼間には秘書の出る固定電話にかける。そして用件を言う。できるだけ急いで会いたいというのがその用件だった。確かに、本人をむりやり呼び出さなければならないという話ではない。それに、大木はそのとき自分の部屋にはいなかった。

高野という男は、いつでも自分の言葉をきちんと整理している男だ。火急のときは火急と、急ぎだがそれほどでもないときには、できるだけ急いでと言う。そうでないときには？　そもそも電話などしてこない。

〈できるだけ急いで、か。そもそもこの世の中でできないことは誰にもできないことなのだから、そんな表現はどれだけ中身のある言葉なのかな〉

大木は独り心のなかで思いながら、秘書の手書きのメモを机の上に置いて電話を返す。

「わかった。今日は興水《こしみず》信一郎先生の励ます会があってな。6時半から東京プリンスだ。7時には事務所に戻れる。それでいいか？」

「ああ、興水信介の息子さんだろう。俺も行かなきゃいかんのだが、今日は止めとく」

「俺のほうは彼の親父さんの代からの付き合いだからな。行かんわけにはいかん」

「輿水信介も惜しかったな。あの人は世の中を変える力のある人だった」

「息子の輿水信一郎もいいよ。売り出し中のイケメン議員だ。なにより飲み込みが早い。決断力がある。実行に手間ひまかけない。俺は総理大臣になる器の男だと期待している。その先生の顔を拝んだらすぐに事務所に戻ってくる。あの世界では、顔を見せているかどうか、つまり、身体を動かしたかどうかが重要なんだ。それで誠意は測られる。参加者は1000人近い。金屏風の前の本人に挨拶すれば、それでその日は会場で話をするチャンスはない。だから、すぐにいなくなっても構わない」

「わかった。7時だな」

〈できるだけ急いで。でも、できないことはどうにもできません、と〉

大木はスマホを切ると、独りつぶやいた。


高野の母親が墨田のおばちゃんに、息子が買取りを承知したと告げた後、あっという間に同じような非上場の少数株主からの依頼が高野のもとに次々と舞いこんできた。墨田のおばちゃんは、高野が買ってくれるという返事を聞いたとたん、嬉しさと安心のあまり、自分の手元にあった古い紙切れが500万円で売れたと年寄り友だちにしゃべったのだ。

「川野純代さんて子どものころからそういう人なのよ」

なかば言い訳のように高野の母親は言った。

類は友を呼ぶ。

川野純代なる老女の周囲にいた女性の多くが、同族会社の株主になっていた。中小企業を創業し、成功して死んでしまった男の妻だった老女たちが相続したのだ。戦後の復興とともに会社を興し、その後にやってきた日本の高度成長を支えた中小企業のオヤジさんたちが、妻や子どもを残して死んでしまった。１９１０年代に生まれ、多くは１９８０年から90年にかけて死んでいった男たち。鉄工所を創った男もいた。その鉄工所の製品を運ぶ運送会社を創った男もいた。そんな男たちが運転するオート三輪が、部品に加工された鉄を載せて忙しくバタバタと音を立てながら狭い路地を走り回っていた。

路地は子どもたちの遊び場でもある。子どもたちは紙芝居に夢中になっていて、オート三輪が来るとそのときだけ道の端に寄る。かつて存在したそうした街の、土が剝き出しで雨が降ると決まってぬかるみになっていた道が、時の経過とともに舗装道路に変わり、子どもたちはそんな道路から追い出されて塾に通うようになって、誰もいない乾いた道路を大型の車両が我が物顔で走るようになっていった。そのうち、いつのまにか街全体が年老いてすっかりしぼんでしまったのだ。

相続があればその度に会社の株は分散していく。そうやって同族会社の少数株主になった人たちが墨田のおばちゃんの話を聞いて我も我もと手を挙げたのだ。

それだけではない。創業者の下には、いっしょに会社を支え、株を分けてもらった男がいた。いわば番頭格の、創業者にとって右腕とも言うべき男たちだ。その男たちが死んで、遺族にはなにがなんだか事情がよくわからないままに、とにかく株が財産のなかに紛れ込んでいたというケースもあった。

おばあさんには子どもがいる、孫がいる。なんのことはない、そうした人々を相手に墨田のおばちゃんは、高野のきわめて効果絶大かつ無料の広告塔になっていた。ネットでもSNSでも、情報は伝わる。口が現代では電子に乗っているのだ。それだけではない。年寄り同士、ことに女の年寄りは顔を合わせては、とりとめのないおしゃべりに熱中する。その機会に、ねえ聞いて聞いて、こんなことがあったのよ、といった調子で話す。年寄り同士と言ったが、少女たちの集まりだったころと心は少しも変わらない。小学校の同級生だった女の子たちは80年経ってもお友だちなのだ。男にはないことだが、女では珍しくもない。下町の少女たちは生まれた場所と同じ場所に住み続け、そのうちに下町の幼女が下町の老女になっていくのだ。

その数が10社を超えていると聞いて、高野は驚いた。高野は、改めて大木に相談に行かねばならないぞと自分に言い聞かせた。その自分の心のなかに、なぜか驚きだけではなく同時に安《あん》堵《ど》感のようなものが存在していることに高野は気づいていたからだ。

高野は説明し難いなにかを感じて安堵したのだった。我ながら不思議な気がした。外からの力にわけもわからないままに突然に摑まれ、抵抗することのできない強い力で一方的に引きずられる。運命が有無を言わせない力で高野の体を締めつけて自由を奪い、高野の体を道具のように使ってその意志を遮二無二実現していく。運命に人生を支配されている者の倒錯した快感に似たものが高野にあった。思えば、高野はこれまでの人生をいつもそうやって、外部のなにかに拘束されて生きてきたのではなかったか。

今の妻の英子に出逢ったときがそうだった。ちゃんとした妻がいて、一生かかっても使いきれない金の10倍どころではない金をわずか数年で稼いでしまっていた。妻とそれなりに楽しく安穏に暮らしていたのに、英子の顔を見た瞬間に心をからめとられてしまった。だから、100億を超える資産を投げ捨てるように何もかも叩き売ってしまったのだ。

もちろん、高野はそのときなりに己《おのれ》の意志で自分が選び取ったものだといつも思ってきた。だから、高野には今度の安堵感の正体がわからない。

大木の事務所の同じ部屋に、前と同じような形で高野と大木が向かい合って座っていた。

高野は、かいつまんで状況の説明をした。

「どうやら、俺は古びたおかしな壺を拾って、うっかりそいつの蓋を開けてしまったらしい。海の底を網でさらっていたら、網の底のほうにゴミといっしょに古めかしいアラビアの小ぶりの壺が入っていた。そいつを右手の親指と人差し指の先で摘み上げてみた。目の前にかざして蓋をひょいと開けたら、煙とともにとんでもない大男が現れたって図だ」

「オマエ、アラジンと魔法のランプの話のつもりか？　それとも墨田のおばちゃんの続きか？なんのつもりで言ってるのか知らんが、あれはもっと時間がかかる」

「わかっているさ。あれはもうオマエの手のなかにある。俺は少しも心配していない。今日は別の話だ」

「別の話？」

「ああ、そうだ。墨田のおばちゃんの件、そいつがとんでもないところに俺を引きずっていくらしいっていう話だ。俺だけじゃない。オマエも俺といっしょに行くことになる」

「いっしょに行くことになるって、いったいなんだい。いくらオマエと俺の仲でも地獄までいっしょってわけにはいかんぞ」

「この世の話だ、心配するな」

「墨田のおばちゃんの株を買い取る話だろう？　あれは会社からは予想どおり断りが来て、もう裁判になっている。この間も話したように、ま、予定どおりってとこだがな。オマエはどちらでもいいと言ったが、できるだけ高い値段にしたいんだ。裁判所に経緯と筋を理解してもらえば、必ずオマエもびっくりする金額にしてもらえる。裁判所は常にフェアだ。少なくともフェアであろうと努めている。つまり、果報は寝て待てってことだよ」

「違う、違うんだ、大木。それはそれでいい。その話で来たんじゃない。墨田のおばちゃんがくれたアラビアの壺の中から煙とともに出現した巨人のことだ。俺は思うところがあってな。だから、オマエにきちんと話しておきたいんだ。相談ごともある。オマエにとっても大事なことだ。それで来たんだ。壺から出てきた巨人が俺に向かって、ヤレ、ヤレってけしかける」

高野はまなじりを決しているように見えた。その迫力に大木は思わず座り直した。

「墨田のおばちゃんに株を買うと伝えたら、私の株も買ってくれという人がたくさん現れた。初め、俺は少し慌てたんだ。芥川龍之介の『蜘蛛の糸』って読んだことあるだろう。犍陀多《かんだた》という人殺しや盗みといった悪事を尽くした男が地獄に落ちてもがいている。お釈迦さまがふっと、その犍陀多が生前に蜘蛛を踏み殺そうとしたが、慈悲心を起こして助けてやったことを思い出す。それで自分のいる極楽から蜘蛛の糸を一筋、地獄の犍陀多に向かって垂らしてやるのさ。犍陀多は喜んでその糸に飛びつく。せっせとよじ上る。どうやら地獄を抜けだせそうだというはるかな高みまで上ってきて、ほっとして下を見ると、その蜘蛛のか細い糸に無数の罪人がうじゃうじゃとしがみついていて、犍陀多とおなじように必死に上ってきているじゃないか。そこで犍陀多は『この糸はおれだけのものだ。お前らは下りろ！』と叫ぶのさ。その瞬間、犍陀多のすぐ上のところでプッツリと糸が切れて、それでお終い、だ。むごい話だ。俺も犍陀多じゃないが、『この細い糸が切れちまうじゃないか』と叫び出しそうになった。だってそうじゃないか、俺の財布をあてにしてあっという間にいくつもの会社の株主がすがりついてきたんだ。きっと20や30では済まないことになる。20社でも、1社５００万として1億からの金が要る。もし何億にでもなったらどうしようかって、正直なところ、さすがの俺も怖くなったんだ」

「正直なところ、か。自分の顧問弁護士には正直に頼むぜ。弁護士に見栄を張るとオマエの損になる」

「まあ黙って聞け。そのうちに俺は、これは天命だなと感じた。天が俺に命じた、と。だから、今日ここにこうやって座っている。俺は、その人たちの株を買い取って、株主になって会社に働きかけたい。値段じゃない。買わなくってもいい。いっしょにやるというのなら、それもいい。俺は、会社ってのは株主にフェアに接しなきゃいかんと思ってきた。過半数の株を持っていれば後は知らん顔ってのは、どう考えてもおかしい。そのためには、まず情報が要る。値段なんてのは、その後の可能性にすぎない」

「ああ。そのとおりだ。コーポレートガバナンス・コードにもそう書いてある。初めに開示ありき、だ」

「だろう！　そこだよ」

高野は満足そうに声に力を込めた。

「俺は、世の中の非上場会社すべてがフェアな経営をするようになってほしいんだ。少数株主がフェアな扱いを受けるようにしたいんだ」

「しかし言ったろう。現実問題としてオマエは非上場会社の株主にはなれない。所詮当て馬にしかなれないんだよ。そんなことを百も承知でやる奴がいたら、世間は薄汚い金儲け目当て野郎だと悪口を言うぞ。人は金が儲かることでないと動かない、と世間は信じている。己の心に潜む嫉妬には気づかないままに、な」

と大木が言うと、

「それは違う。俺には買って儲けるつもりはない。買った後で他に転売するつもりなんか少しもない。

俺は、自分の利益は要らない。義を見てせざるは勇なきなり、なんだ」

「そんなこと、誰が本気にするかな。いや、オマエが本気だと見てくれるかな」

「問題は会社にある。経営者、社長だよ。最良の経営をしていれば誰も文句は言わない。だから、上場会社ではコーポレート・ガバナンスが言われ始めた。だがな、大木。上場会社の少数株主はマーケットがあるから売ればいい。しかし、非上場会社、同族会社の少数株主はどうしたらいいんだ？　非上場会社でコーポレートガバナンスなんて言ってるのはほんの一握りだ。俺はその実践をやる。買った株を売るのはどうでもいい。だから、買った後の売値なんかには興味がない。そもそも転売するつもりが俺にはない。根本の一番大事なガバナンスのことを抜きにして、売買するために受け皿になるってのは良くない。転売して金を儲けてやろうっていうのは薄汚い奴だ」

社団法人　その2

「根本？　一番大事なこと？」

「ああ、非上場会社にこそコーポレートガバナンスが大事だってことだ」

「そうか。それはそうだとして、だが、現実にはオマエは受け皿にしかなれない。それも決して株主になることがかなうことはない。ただの当て馬だ」

「違う。俺は俺に株を買ってくれと頼む人たちに、株主なんだからまず自分自身が株主として会社へ働きかけるようにって勧めるつもりだ。俺が手伝うからいっしょにやろう、と。株主であることの意味、たとえ少数株でも株主というのは何なのか。そいつを俺に株を買ってほしいと頼む人たちにまずわかってもらいたいんだ。いっしょにコーポレートガバナンスをやりましょう、って励ます。俺がそういう人たちの株を買うことになったとしても、そいつは買った後で高値で誰かに売りつけるためじゃない。手持ちの株の価値を上げるんだ。それが本来、株主のやるべきことだろう。経営者を監視し督励するのさ。経営者を選ぶのはどこの世界でも株主に決まっている。それどころか、場合によっちゃ解任もする。そのためにコーポレートガバナンス・コードは上場会社に独立した社外取締役を勧めている。非上場だって監視の成果の一つが配当の増額、または会社による高値での自己株取得だ。それと同時なら社長の給料が上がってもいい。もちろん従業員のほうが先だがな。少数株を売って金にしたい、ってのは後からの話だ。慌てる乞食はもらいが少ない、ってな」

「ふーん、壮大な物語だな。でも、墨田のおばちゃんの話を聞きつけた少数株主は、オマエが買ってくれるっていうんで、表現は悪いが、藁にもすがる思いで殺到しているんじゃないのか」

「そのとおりだ。金を払って差し上げてもいい。しかし、同じことを繰り返すようだが、俺が金を出すのは、株を買ってそいつを転売して儲けようっていうためじゃない。売りたい株主には、いっしょに会社の改善をやってもらいたい。そのために株主総会の活用を考えることから始めてもらう。まず俺が買って、その後に株主総会で会社の経営の改善を求めるんなら、それでもいい。しかし、オマエは俺が株主になることはあり得ない、ただの当て馬にしかなれないと言うじゃないか」

「そうだ。オマエの話はなかなかいい話だ。株主が本来なんなのかをわかってもらう、か。そのために株主総会に出よう、だな。そいつはいい。株主総会の場こそが最大最良の情報収集の機会でもあるからな」

大木が感心した様子で相槌を打った。真率さが現れていた。高野はなにかに憑かれたようで言葉が止まらない。

「俺はまず会社に公私混同をやめさせるつもりだ。それに、経営を改善して増配や自己株取得を促す。自分独りが高値で売り逃げていい思いをしようなんてのはダメだ。他の少数株主にも同じ機会を与えてもらいたいんだ。株主総会でそいつを提案する。増配や自己株買いを会社が拒否したら、譲渡承認のルートに乗るしかない。当て馬になってでも、な」

「会社は間違いなく拒否すると思うぞ」

「拒否とは限らん。だが、そんなことはどちらでもいい。俺は、会社に株主をフェアに扱ってほしいだけなんだ。それが、結局は会社のためでもある。なぜって、オマエが教えてくれたじゃないか。要は、会社は個人商店じゃないってことだ。株式会社、つまり法人の特権の問題は、実は上場とは別のことだ。個人商店つまり個人企業は、法人形態をとった場合には株式会社になる。なぜ面倒な手間をかけて株式会社なんかになるんだ？　税金だ。そいつが安くなる。出光佐三は『株式会社なんてのはいかがわしいものだ。税務上しかたなく株式会社にしているだけだ』と言っていたそうじゃないか。それに、会社になれば有限責任てことにもなる。個人企業が潰れればオーナーは全ての借金の返済義務を負う。破産だ。しかし、株式会社は違う。会社の債務は個人の債務じゃない。だから、どの会社のオーナーも社会から保護されている。以前は銀行なんかに当然のように会社の債務を個人保証させられていたが、それも変わりつつある。なんでそんな便宜を株式会社に与えるのかといえば、それは、その見返りが社会のためになるからだ」

「そうだ！」

　大木が大きな声をあげた。

「そうなんだよ、高野。すべては雇用のためだ。株式会社制度があると個人企業しかないときに比べて事業が大きくなる、永続化する。だから人をたくさん雇うことができる。人は雇われると給料をもらう。会社からもらうが、大きく言えば社会からだ」

「会社と社会だって。シャレか？」

「違う。会社から報酬をもらえるのはどうしてだ？　働くからだ。仕事をするからだ。働くには仕事が要る。つまり、雇用だ。ところが雇用ってのは不思議なもので、保護するってことができない。そんなことをしたら会社は潰れる。国全体でやってみてもソ連みたいに崩壊してしまう。だから、会社による資本主義しかない。だが、それはあくまでも手段だ。人が人として生きている甲斐を感じるためのものだ。生きていてよかった、私は幸福だと感じるためには、自尊心が大事だ。それは職業からしか生まれない」

「生まれつき体が不自由だったら？」

「それは別の話だ。それでも、誰もが保護され恵まれるだけの人生から少しでも抜け出したいと願う。人は働いて給料をもらうとき、俺も大したものじゃないかと思うことができるのさ。社会と対峙している、って自信を持つことができる」

「対峙？」

「ああ、対峙だ。対等に向き合う。施しを受けない。貸しも借りもない」

「独立自尊、だな。福沢諭吉だ」

「そういうことだ」

高野は大きく息を吸い込むと、急き込んだように話し始めた。

「会社制度の究極の目的が雇用のためだってか。オマエの持論だよな。でも、俺にはそこは大事じゃない。俺には、株式会社ってのは社会から特権を与えられているってことが肝だ。法人として、自分という一人の個人以上の存在を許されているんだ。昔はなかった。有限責任てのはたかだか17世紀ころの発明だ。オランダ東インド会社の話をしてくれたことがあったろう。レンブラントやフェルメール、あの真珠の耳飾りの少女がいたころのことだ。俺の考えでは、問題は上場か非上場かじゃない。個人か株式会社か、だ。株式会社というのは、社会が何かの必要があって創り出した制度である以上、どの会社もその社会的必要っていうのを満たす義務がある。その義務っていうのは、会社があるから雇用が拡大するってことだ。それを果たすためには取締役会が大事だ。経営者だけじゃ身勝手が通る。特に非上場会社がいけない。オーナー経営者となると誰もまっとうな意見を言ってくれないからな。だから、非上場会社も社外取締役を入れるべきなんだ。上場会社について言われているコーポレート・ガバナンスと少しも変わりはしない」

「ふーん、よくそこまでわかってくれたな。嬉しいよ。そのとおりだ。しかし、あまり世間では聞かん話でしかない」

大木の冷静な声にも高野はひるまない。

「オマエは正しい。そのとおり真実だ。誰も問題にしていないさ。だがいつまでそれが真実であり続けるかな。そのうちに変わるんじゃないか。本当の問題は、俺たちが変えるように動くのか動かないのか、じゃないのか。それが問題じゃないか」

大木は目の前の高野の真剣な口ぶりに気圧《けお》された。

「高野、オマエの言うことは正しい。しかし、世の中というのは、正しいからといってそれが通るわけではない」

あえて沈黙の時間をつくってその場の空気が入れ替わるのを待つと、話題を現実に起こりうる当面の問題に切り替えた。

「なんといっても実際のところ、少数株主だって株の価値を上げてから手放すほうがいいのは確かではあるな」

「いや、手放すのには俺はタッチしない。俺は金儲けには関係しない。金が欲しいのならこんなことはしない。俺は金の稼ぎ方ならよく知っているつもりだ」

「ああ、それは世間様が大いに認めている」

「だから、大木、金の部分はオマエがやってくれ。で、弁護士報酬は成功報酬にしてくれ。一定限度までは売主の報酬支払いの義務を俺が保証してやってもいい。成功報酬の成功とは例の値決めの非訟事件で裁判所の決定が出ることだ。少なくとも裁判所が関与しての和解しかオマエにはしてほしくない。裁判所が絡めばこそ安心というものだ。そういう前提での話であるべきだと思う。俺はフェアネスを貫きたいんだ。もしその前に、約束を違《たが》えて売主が勝手に妥協したら、オマエは、その時点までの時間での報酬をいつものように取ればいいじゃないか」

大木が余計なことをと言わんばかりに鼻を軽く鳴らした。依頼者の都合で時間報酬になったのではフェアでないと言いたかったのだ。時間報酬は結果が成功になろうがなるまいが、きちんと支払われる。弁護士にはリスクがない。金を払ったあげく負けてしまうのは依頼者のリスクなのだ。成功報酬は成功しないと払ってもらえない。そこに弁護士側でのリスクテーキングがある。リスクをとっているのだから、タイム以上の支払いがあって当然なのだ。弁護士でない高野にはその違いがわかっていない。

高野は大木の不満気な様子には少しも気づかずに話し続けた。

「会社がフェアな値段で少数株を買い取るってのは、フェアな経営の方法の一つにすぎん。『利益に見合った配当額、会社にふさわしい配当額でさえあれば、それでいいんです。それさえ実現されれば私は株を売りません』っていう株主も多いと思う。大事なのは、コーポレートガバナンス・コードにあるとおり、会社が株主やその他の全ステークホルダーのためにフェアに経営されるってことだ。オーナー社長のためじゃない。もちろん公私混同なんて許されない。株主のためだけでもない。顧客だって従業員だって、心ないオーナー経営者にひどい目に遭わされている」

「だがな、高野。利益に見合った配当といったって、それで済まない会社もある。腐るほど資産があっても利益は雀の涙ってことで、オーナーが平然としているところがいくらもある。先祖伝来の高い土地の上で、先祖からの儲からない商売をしている会社があるってことだ。そりゃ銀座で下駄屋をやってりゃ利益はあがらんさ。あがらん利益に見合ったわずかばかりの配当をしてもらっても、少数株主としては割り切れないだろうな。やっぱり土地に手を付けてもらわなくっちゃ、と少数株主は思うさ。自分の趣味で商売をやるんなら自前の土地でやってくれと文句の一つも言いたくなるじゃないか」

「株を自己取得するしかないってことか。それができなきゃ、株を全部第三者に売って、株の割合で分ける。そうすりゃ文句はない、か」

待ってましたとばかりに大木が相槌を打つ。

「大地震で会社ごとひっくり返るような話だな」

高野が目を輝かせながら、

「ああ、眠っている土地を叩き起こして、そいつの価値を実現する。高額の土地に見合わない商売をしている会社は、身売りして金を分けるのさ。過半数を持って道楽みたいな商売をしているオーナーにも、半分以上の金は手に入るわけだから、その金で同じ遊びごとをすればいい。少数株主って名の他人の犠牲に乗っかるな、ってことさ」

とまくしたてた。

「バブルの時代の話みたいだ。すごい話だな。土地の価値に見合わない商売をやっている日本中の会社が、先祖伝来の土地から追い出されるってわけだ」

「だから、世の中のためになる」

「非上場会社の話だぞ。オマエ、本気か？」

「そうだ！　俺はその非上場会社のコーポレートガバナンス改善のために働く。非上場会社のオーナー社長のなかには初めっから傲岸不遜なのがいる。そんな社長を規律づけるものは株主しかいない。

ほんの一部だが、俺の目の前に今10社の候補がある。それが先ず手始めだ」

「高野、オマエ自分がどんなにとんでもないことを言っているのかわかってるのか？」

「ああ。オマエが教えてくれたことだがな。コーポレートガバナンスが上場会社にとって大事なものなら、非上場会社にとっても大事なんじゃないか。コーポレートガバナンスは攻めの経営、稼ぐ力のためなんだろう。それは日本の経済成長を実現するんだそうじゃないか。だったら、非上場会社だって大きな役割を担っているはずだ。俺は68歳だ。それ相応に自分でものを知っているつもりだ。だから、これまでの人生、公のためになんて考えたことも喋ったこともなかった。だがな、こんどの墨田のおばちゃんの話で思い知らされた。人は自分のためだけに生きることはできない。何度も聞いた台詞だったが、いま俺は実感しているよ。それに俺は暇だ。先も短い」

「オマエが短けりゃ、俺も短い。勘弁してくれよ」

大木がおどけて言った。

「オマエは大丈夫だ。人間離れしているからな。俺は当たり前の人間だ。

上場会社のコーポレートガバナンスなら、俺じゃなくてもたくさんの立派な人がさまざまな動機で熱心にやっている。上場会社なんて晴れがましい場所は、俺を必要としない。

だけど、非上場会社は見捨てられている。俺の言うのは非上場会社の少数株主に矛盾とその皺寄せが集中しているってことだ。フェアな扱いを受けていない。もっと払える配当、高値で買い戻せる株、もっと投資に回せる内部留保、放置されたまま眠り続けている土地の含み益。そうしたものを実現することは非上場会社の少数株主には無縁だ。踏みつけにされて、声もあげられない。オーナー経営者は少数株主を相手にもしない。


本当の問題は会社の経営そのものなんだ。それは、非上場会社が取引先、従業員、地域社会、そして株主のために経営されていないってことでもある」

「ほう、ジョンソン&ジョンソンの信条、クレドときたか」

「そのとおり。非上場会社のコーポレートガバナンスなんて誰も話題にしない。非上場会社が問題になるのは、事業の承継ってことだけだ。確かにそいつも国民的課題だ。そのとおり。銀行にとっても金になる商売ではある。だが大事なことが忘れられている」

社団法人　その3

大木は、高野が真剣な様子なので、あえて正面から反論することをためらわなかった。いつも2人でそうやって仕事をしてきたのだ。2人で議論をすれば、行き詰まっていた道がいつも不思議とかならず開けた。何回もそんなことがあった。

大木は真正面から高野を睨みつけるように見つめると、

「会社ってのは人類の偉大な発明でな。ゴーイング・コンサーンという英語がある。会社は永遠に続くものという意味だ。もちろん、人間が必ず死ぬこととの対比だ。人は死ぬ、会社は永遠に生きる」

と言った。続けて、

「ま、永遠に生きることが可能な装置ということだがね。現実には1000年持つ会社はほとんどない。そもそも株式会社の歴史はそんなに長くない。人、自然人は80歳になると死んでしまう。死ななくっても判断があやしくなる。それと比べれば会社は全然違う。もっとも、人の集団という観点からみれば、株式会社なんてひよっこだ。なんといっても宗教団体にはかなわない。ローマカトリック2000年の歴史、法隆寺1400年。構成員が替わっても団体としてずっと継続している。そんなのと比べれば、最近流行の株式会社のサスティナビリティなんて議論が薄っぺらにしか感じられないってところだ」

「ふーん、そう言えばそうだな」

「いや、そうは言っても、いまの世の中では株式会社が全盛だ。たとえば、株式会社になっていない個人企業では社員はおちおち働いてもいられない。トップが歳を取って働けなくなれば会社がなくなって社員が職を失うなんてところじゃ、世間では相手にしてもらえない」

と自分に言い聞かせるようにつぶやいた。

「え、弁護士さんの事務所は個人企業だっていつも言ってるじゃないか。オマエ『俺のところは会社じゃないのに、若い女性の秘書たちは、「ウチの会社」って呼んでるんだよ』って」

高野が口を尖らした。

「ま、そうだ。しかし、ウチは組合だからな。永続企業ではある」

「組合？　なんだ、労働組合でもあるまいし」

「いやだな、違うよ。民法上の組合といって、任意組合ともいわれる組織だ」

「ああ、節税に使うやつだろう？」

「節税に使うやつと来たか。まいったな。ウチが組合なのは節税とは関係ない」

「とにかく、少数株主が泣き寝入りするしかないのは、買い手が現れないからだろう？　買い手が現れても、所詮その買い手は当て馬にしかならないからだろう？　だからそんな役を務めてくれる人はいないってことだろう？　だけど、とにかく誰かが買い手役になって譲渡承認請求さえすれば、会社は自分でなきゃ誰かに買わせるしかないんだろう？　そうなれば、最後は裁判所が妥当な値段を決めてくれる、オマエそう言ってたよな。それでいい。上等じゃないか。だから、俺はそれをやるんだ。当て馬でいい。当て馬が存在するってことが世の中を変える。

墨田のおばちゃんはきっかけにすぎない」

「ふーん、じゃあオマエは非上場会社の少数株を買って回ろうってわけか」

「いや、買って回るつもりはない。第一、買えないと言ったのはオマエじゃないか。俺はただ、アラビアの壺から出てきた巨人から、『世の中の不幸な少数株主の役に立ってやれ』とせっつかれているだけだ。もちろん、アラビアの巨人の肩の上に乗って非上場会社の経営改善をやるのが先だ。所詮当て馬かもしれんが、もし株主になれれば熊ん蜂だ。ブンブンとうるさく会社につきまとう」

「それにしたって、なんでまた酔狂な。言ったろう、譲渡制限のついている会社の株は買えないんだ。所詮当て馬でしかない」

「当て馬で大いに結構。俺は、まずは売りたい株主といっしょになって、会社に、つまりオーナー社長にってことだが、そいつに働きかけるんだ。法律の許す範囲で、しかし株主としての正当な権利の行使はためらわない。会社法にいっぱい書いてあるんだろう。コーポレートガバナンスにも株主との対話ってあるじゃないか」

　大木が微笑を漏らした。

「オマエ、勉強したな」

「俺は本気だ。場合によっては、まず買い取って、そのうえで会社に譲渡承認を求めてもいい。会社が、俺なんかは株主にしてやらんといって会社とか会社の指定する第三者に株を売れって言うなら、それでもいい。そのための弁護士費用は俺が負担してもいいと思っている。買った値段よりも高くなれば、弁護士費用を差し引いた差額はもともとの売主に返す」

「オマエ俺に、結局は会社か会社の指定した第三者に売ることになるんだから、売却が成功したときだけ報酬を取るってことにしてくれ、って言うんじゃないだろうな」

「まあそうなるかな」

「なにを好き好んで、そんな他人さまの会社に手を突っ込んで恨みを買おうなんてバカな真似を」

「目の前に困った人がいる。そいつを突き付けられたからだ。小さな壺のなかに長い間閉じ込められていた巨人がこの俺に取り憑いたんだ。俺は知らなかった。墨田のおばちゃんの件を決断するときには、それだけのことだとしか思っていなかった。そしたら、蜘蛛の糸の先には、蟻の行列のように数限りない人たちが必死の形相ですがりつき、助けを求めているってことを発見したんだ。墨田のおばちゃんだけじゃなかったってことだ」

高野の言葉が止まった。大木は黙って待っている。高野は大きく息を吸うと、再び話し始めた。遠くの景色を眺めているような目付きだった。

「大木、オマエ、孔子の牛の話、知っているか？」

「孔子が弟子と散歩していたら、目の前に荷物をいっぱい積んで喘ぎ喘ぎ歩いている牛がいた。それで孔子は、なんとかその気の毒な牛を助けてやりたいと弟子に言った」

「そしたら、弟子は『先生、世の中にいったい何頭の牛がいると思われますか』と孔子を諫めた」

「孔子は答えて言った。目の前に苦しんでいる牛がいる。それだけでどうしてお前たちには助けてやる十分な理由にならないのか、と」

そう答えると、大木は一瞬の間を置いた。高野は口を開かない。大木の番が続いた。

「孔子の言ったとおりだ。でも、それを実行する人間はいない」

「ああ、自分の得にならないからな。できっこないとやる前から諦めてしまうからな。でも、俺はだからこそやりたい。できるできないじゃない。たぶん俺は、俺という人間はこういうことをする人間だと己を定義してから、その後に死にたいのかもしれないな。自分を定義し直したい、って言えばもっと正直かもしれんが」

「自分を定義し直したい、か。確かに正直だ。これまでの人生を否定して、新しい人生を生きようってことだからな。途方もなく野心的なことでもある。えらく調子の良い身勝手な話にも聞こえる」

「身勝手？　もちろん、そいつは否定しない。もとより俺は身勝手な男だからな」

「世の中には二通りの人間がいる。20歳までに宇宙の真理を体得できたと信じ切れる人間とその他だ。たとえば吉田松陰は前者だった。それを、オマエときたら、68にもなって自分を定義し直したい、か。俺の頭のなかに何十年も住んでいる11世紀のペルシアの詩人が謳ってるぞ。『われらの後にも世は永遠につづくよ、ああ！　来なかったとてなんの不足があろう？』」

「オマル・ハイヤームだな。彼の言うとおりだ」

「俺は、てっきりオマエはハイヤームの詩を実践しているのかと思っていたよ。6時からのドリンクタイム、『せめては酒と盃でこの世に楽土をひらこう』と」

「そのとおりだ。『チューリップひとたび萎《しぼ》めば開かない』とオマル・ハイヤームは謳っている。

俺は、チューリップが萎むのは想定していた。俺のチューリップは俺なりに大いに開いた。だから、もう萎むしかない。人として生まれた以上避けられないことだ。萎み始めたら、酒を飲みながら日々の過ぎてゆくのを他人事のように眺めていようと考えていた。そうするしかなかった。なぜなら、人にとって『すべて一場の夢さ、一生に何を見たとて』だからな」

「だが、そのオマエは、どうやら『未来の幻影を逐《お》うて、現在の事実を蔑《ないがし》ろにする自分の心は、まだ元のままだった』ということか」

「鷗外はそう書いてから11年を生きた。彼は自分が60歳で死ぬと知らなかった。68歳の俺も自分がいつ死ぬか知らないでいる。もう10年生きているかどうかわからない。10年生きたとしても、元気でいられるのは5年かもしれない。俺は、こんな自分として死にたくないと思い立ったのさ。今のままで死ねば、俺はこれまでの俺でしかない」

「バブルで儲け、頂点でその金を仕舞い込み、バブルが崩壊して不動産が暴落した後になって再登場するや再び不動産を買いまくった伝説の怪物。なにが不足なのか。曹操のように、『烈士は暮年になるも　壮心は已《や》まず』か。年老いても心は燃え続けている。ひょっとすると、アラビアの壺から出てきたのはオマエ自身なのかもしれんな。ま、オマエの人生だ。再定義でも再々定義でも勝手にするがいい。で、再定義しようっていうオマエのやることは世の中にとってどんな意味があるんだ？」

「ないね。ゼロじゃあるまいが、事実上はなきに等しい」

「自分にとっての意味があれば良いってわけか？」

「いや、実はそいつもないのかもしれない。人は所詮死ぬ。ま、死の幻影が垣間見えた気がしたのかな」

「おやおや、そういうことかね。なるほどね。68歳の男の人生再定義の試みだからな。俺には、どうやらオマエ自身にとっては大いに意味がありそうな気がするがな。しかしなんにしても、人は死ぬまでは生きている」

「死のうは一定《いちじょう》だからな。生まれたということは死ぬということだ」

高野らしかった。高野は昔から運命論者なのだ。高校生のころ、「試験なんて運さ」と期末試験になるとそううそぶいて遊んでいた。大木は言わずにおれなかった。

「死のうは一定か。信長だ。忍び草にはなにをしょぞってな。非上場会社の少数株主がオマエの忍び草ってわけか。オマエが死んだ後の世の人々がオマエの話をする種か。えらくご大層な話だな。残された人間はオマエの抜け殻をながめて話に興じることになる」

「まさか。『今までは　人のことだと　思うたに　俺が死ぬとは　こいつはたまらん』て辞世の句を残して75歳で死んだ男が江戸時代にいたろう。そのずっと前、平安時代には『ついに行く道とはかねて　聞きしかど　昨日今日とは　おもわざりしを』と嘆いた男もいた」

「そういえば、大田蜀山人も在原業平もどちらも75歳で死んでいたっけな。当時にしては2人とも長生きだ」

「先のことはわからない。人間、68になれば誰でもわかる。それでも、70までは大丈夫なんて思っている。根拠なんてありはしないのにな」

高野の顔に微笑みが浮かんだ。

「たぶん70までは、って自分を安心させてるのさ。未だ1年半あるって。つまり、もう1年半しかないかもしれないってことだ。そんなこと、信じられるか。俺は死の床で後悔したくない。死が訪れたとき自分の人生への後悔の思いだけで死にたくない。後悔はあるに決まっている。でも、あんないいこともあったよな、こんないいこともあったよな、だけどともかく終わりだ、と自分で納得したいんだ。死が休息などとは思っていない。死は一切を断ち切る重大事件などでもない。切れた向こうにはなにもありはしない。一切が消えるのだ。暗闇に吸い込まれて消えるだけだ。いや、死なんてない、俺が死んでいくだけだ。俺は逝って、他の奴らは残る」

「そうかもしれん。しかし俺は、露《つゆ》と生まれたばかりに己が干上がるのを感じつつ過ごしている。その間はほんの瞬間だっていうが、これでけっこう毎日毎日骨を折らされてるんだがな」

大木の本音だった。高野は、

「そいつはオマエが現在も少年そのままの人生の野心家だからさ。だから骨を折らずにいられない。哀れなものだ。俺はオマエとは違う。少なくとも今は違う。俺はな、命も要らず、名も要らず、官位も金も要らぬ。そういう人間になりたかったんだ」

「ほう、また西郷か。じゃ、オマエは失敗したわけだ。あんなに厖大な金を稼いだんだからな」

「そのとおり。俺はそこまでの男でしかなかった。金に執着した。俺にとって大事だったのは、この自分とほんの少しの周囲の人々。その外側の人々は遥か遠い世界にいる無縁の人々だ。こちらがうまく操作しようとしたところで、うまくいくどころか声が届きもしない。つまり、金を介した関係以上ではあり得ない人々だ。よって金が大事だという結論になる。

しかし、俺は無縁ではあってもそうした人々が現に存在していると知ってしまった。実はそれが指呼の間、目の前にいるのだと思い知れば、もう無縁、無関係で生きることはできなくなる。俺は、見ないで済んでいればそれで良かったのかもしれない。だが、なぜか知らんが目に入ってしまった。孔子が喘いでいる牛を見たようにな」

「オマエって奴は、昔から変わってたよな。死んでしまえば同じで、生きている間こそ、腹が減ってるとか寒いとかが問題なんじゃないか。人は死ねばゴミだ。生きて、体が不自由になれば病苦は耐え難いってことになる」

高野は自分がムキになっているとわかっていた。大木と話し始めるといつもそうなるのだ。

「だから江藤淳は自ら処決した。ヘミングウェイは鉄砲をくわえた。しかし、ホーキングは生きている。体を大事にすることと死とは全く別のことだよ。簡単にコロリと死ねばそれだけのこと。死ねないから問題なんじゃないか。俺はオマエが笑うほど定期的に健康診断を繰り返す。オマエと違って暇だからな。おかげで2年前に甲状腺のがんが見つかった。簡単に処置して、なにごともなかったかのように生きている。酒も飲む。飲めば酔う。酔って眠る。しかしだ。いずれ死ぬ身、そう遠くない未来に死ぬ身だってことを改めて意識してみる。新聞を見ると2〜3年前と違って訃報欄が気になる。65を過ぎたときには未だよかった。どういうわけか翌年の正月からいけなくなった。それまでは訃報欄を見て、知り合いを探した。いれば、ああ、あの人も逝ったのかという程度のことだったのさ。でも66の正月から、知り合いかどうかは二番目で、そんなことより見も知らぬ人が『いくつで死んだのか』に目が行く。そして心のなかで指折り数える。80を超えている人の死亡記事だと安心する。未だ先があると思うからだ。でも、そいつも怪しい。考えてみれば、80まで12年だ。いや、正確に言うと11年と少し。そのうち半分は元気でいられるだろうかと思い惑う。今と同じように元気でいられるのが、そのまた半分とすればもう何年もありはしない。考えたって仕方がない。ハイヤームのように、『さきのこと、過ぎたことは、みな忘れよう。今さえたのしければよい——人生の目的はそれ』だが、そうは行かないという声が心のなかで響く。

今を楽しめるのは、サロンのブラン・ド・ブランというシャンパンを飲めるのは、最大限の注意を健康維持のために払っているからだ。健康維持は旨い酒を飲み続けるためだ。でも今の時代、時勢に気配りをしないとな。株も不動産も、値上がりしては暴落する。土地もビルも、周囲が変われば価値がなくなってしまう。資産があったところで、毎日のように油断なく警戒していなければならない。儲けようというのではない。減っては困るからだ。だから他人任せにはできない。金があるのは哀れなものだ。自分の金の奴隷だ。ハイヤームの時代なら、荘園でも持って安心できたのかもしれん。今は違う。この瞬間にも俺の宝物は鉛になろうとしているかもしれない。早く処分して他のものに換えなくてはいけない。性分かもしれんがな。まあ、それでも借金がないからそんな程度で済む」高野は目を閉じた。声が止まった。大木は高野の言葉を待った。「確かに、ドリンクタイムなんて称して悦に入っていた。6時からは酔って過ごす。60を過ぎてからのことだ。酔えばそのままベッドに入るから、夕方から後には人生の時は停まっている。酔ってなにをするでもない。

幸い英子は料理が好きだから、俺一人のために、ああでもないこうでもないって、毎日張り切ってつくってくれる。いつまでの幸せかわからない。俺が歳を取るのと同じに英子も歳をとる。来るものはいつか来る。6時、シャワーを浴び終わった俺は、テーブルに着いてシャンパンの栓を抜く。その音がいつもなにかの合図のようだ。酔ってなにをするのか？　酔いを続けるだけだ。11世紀のペルシアの詩人は、今を楽しめなんて言うが嘘だよ。今はすぐに消える。消えれば過去でしかない。次の今はもう来ないのかもしれない。桜を観てもいつも上の空、金儲けに忙しくって、ま、来年もあるからなんてその場限りのことを自分に言い聞かせていたのが、66の正月からは、もうこの次の桜はないかもしれないと思い始めた。66のときの桜をよく覚えている。以前のように千鳥ヶ淵だ、九段だと車で巡ったりはしなかった。

ただ、芥川が言っていた『桜は彼の目には一列の襤褸のように憂鬱だった』という言葉だけが気になってな。この俺の目にも実際そう見えたんだ。以前、桜吹雪を愛でたことは、もう脳のどこかにある記憶でしかない。青山通りにあった虎屋の本店の前、豊川稲荷の前の横断歩道で信号を待っていた時、車道の上に積もった桜の花びらが、風に舞う雪のように身を翻しながら右に左に流れていくのに行き逢ったことがある。なんて美しいんだと思った。しかし、最近では同じ光景に行き当たっても、ああこんなことが昔あったなという気持ちにしかならない。するると、なによりも、自分が虚構を構えて生きている事実に突き当たる。毎日毎日、自分に対して嘘ばっかりついて生きていることが嫌になったってことだ。オマエを野心家なんて言ったけど、人間、なにかを達成しようと思うから虚構を構えるのさ。

俺もいつもいつもそうやって生きてきたけれど、もう先は大して残っちゃいない。明日の保証なんてありはしない。若いころはきれいでもない女に、きれいだねとささやきかけた。今でもないわけじゃない。いや、もっとひどくなっているかもしれない。好きでもない女性に、愛していると目を見つめながら言いつのる。なに、寝たいからさ。それも、もう性行為が十分にできる体じゃなくなっているのにな。悲しい話だが、赤い靴を履いたスズメは100になっても赤い靴を履いたまま踊り続けないではいられない。女のことなんてのは一例にすぎん。ビジネスのために使っている言葉ってのが、近頃ますます嫌悪感が募ってきてならないんだ。プレゼンとやらをやっていると、相手をその気にさせようと下心を隠して喋りまくる。それが終わると、その瞬間に、『外道の言葉しか知らないのだ、ああ、喋るまい』とツバを吐きたくなることがよくあるんだ」

大木が微笑んだ。

「『外道の言葉』か。懐かしいな。50年前に読んだ小林秀雄訳のランボーがまだオマエのなかに生きているってことのようだな」

いつもの2人のやり取りだった。高校生のときから何十回、何百回繰り返したことか。そのころのこと、大木の家の2階で話し込んでいたときなど、大木の母親が「おやおや2階でラジオがつけっぱなしなのかと思ったわ」と笑ったほどだった。2人は自分たちの未来に熱中していたのだ。2人とも18歳だった。

大木は高野の挑発的な発言には答えず、淡々と先ほどの話の先を促した。

「もう一回聞くが、なんでそんなことをしようっていうんだ？　なんのため、なんのつもりなんだ？　十字軍でもおっぱじめようってのか？」

「言ったじゃないか。目の前に気の毒な人がいると気づいたからだ」

「だが、気の毒なのはオマエの目の前にいる人だけではない。孔子の弟子の言ったとおりだ」

大木は息を止め、しばらくしてから小さな音とともに吐いた。大木が一呼吸を終えるのを待って高野が口を開く。

「大木、墨田のおばちゃんの話を聞いて、俺は全国にいる墨田のおばちゃんたちのことを考えた。そしたら胸が痛くなった。どうしてなのか。おかしな話だ。この世の中には胸が痛くなることなんて、いっぱいあふれている。それなのに、この俺は墨田のおばちゃんが日本中に何人いるだろうかと思って胸が痛くなる。なにもこの俺が、赤の他人の心配をする必要なんてありゃしない。だがな、どういうわけか俺は、俺を頼ってきた第二、第三の墨田のおばちゃんのことが気になる。何人かは相続税の心配をしている。ほら、オマエが教えてくれた大日本除虫菊の株主だった男の話だ。墨田のおばちゃんからその話を聞いて眠れなくなってしまったという善男善女が現にいるんだ。しかし、考えてみれば相続税の心配をするなんて、会社に資産があるってことだ。紙切れの株のせいでとんでもない額の相続税を払うはめになって、生まれたときから住んでいた家をとられてスッテンテンてことになりかねない。子どもたちはまだ学校に行っているっていうのに、だ」

「そのとおり。オマエの言っていることは正しい。全国に大日本除虫菊の少数株主だった男と同じ、空恐ろしい立場に置かれた人間がどれだけいることか。高野、オマエのやることは人助けになる。人間は利己主義の塊ではない。利他は人間性の重要な要素の一つだよ。孟子が言っている。『幼児が井戸に落ちようとしたら誰でも助けようとするだろう』って。惻隠《そくいん》の情だ。最近の研究では、猿ですらもそうだというじゃないか。オマエのやることは世の中のためになる」

「おれはすれっからしの、ソフィスティケートされきった人間だから、お涙頂戴ものでは心の表面がそよそよと波立つだけなんだよ。まあそれなりに涙がにじんではくるさ。そのとおり。俺も温かい血の通った人間だからな。でもそれ以上じゃない。ビジネスで鉄火場をいくつも渡り歩いてきたからな」

「ああ、そうだった。人それぞれ、胸が痛くなる対象ってのは違うものだろうよ。オマエはオマエの胸が痛くなるものに行き逢ってしまった。それも68歳にもなって」

「そう。そこへ有能な弁護士の友人が塩をすりこんでくれた」

「ああ、そうだ。そのとおりだ。悪かったのかな。しかしな、高野。胸が痛むってのは、ひょっとしたらそれだけでも幸運なのかもしれない」

「幸運？　なんとでも言え。ただ、俺は本気だよ。俺は俺にできることをする。樹を植える。命が尽きる日まで、一日1本ずつ。ただし、俺が植えた樹が大きくなって枝を伸ばし葉を広げるようになるまでには一人の一生以上の長い時間がかかるってことだ。樹だからな。構わん。俺はその樹を育てている途中で死にたい。なにせ、死の当日まで植え続けるんだ。終わらないのは理の当然てことではある。こいつは賭けなんかじゃない。必ず勝つからな。賭けにはならない。ただ、結果を見ることはできん。朝に晩に樹の投げかける影で、散歩に疲れた体を休めるって日は俺にはやってこない。俺が生きている間にどこまで大きくなるかもわからん。しかし、誰かが植えて、忘れずに水をやらなきゃ樹は根付かない、育ちもしない。育っても途中で枯れる。68歳の、さんざん悪事を重ねてきた男には悪くないおとぎ話じゃないか。俺は、自分にできることをする。目の前で起きるアンフェアなことを我慢しない」

「樹を植えるか。いい話だ」

大木が小さな溜息をつくように、高野に聞かせるともなくつぶやいた。高野は自分の話に夢中になっている。

「生まれてきた以上、生き物は必ず死ぬ。死ぬ人間にとっては、生きている間の生き甲斐ほど大事なものはない。金があっても生き甲斐にはならない。愛した女性も慣れてしまえば生き甲斐ではなくなる。仕事すらも生き甲斐でなくなってしまう。人はなんにでも慣れる。恐ろしいほどに慣れてしまう。いまの俺は金があるから仕事をしないでも生きていける。金を増やすことは続けている。減らさないためだ。減るんじゃないかって不安なんだ。赤い靴のスズメさんだ。だがもう飽きた。だから、死ぬための生き甲斐が欲しい」

「贅沢な話だ。自分の定義のし直しか。そのとおりだ。うまくすれば昔の悪事は消える、ってか。便利でもある。面白いお話だ。ところで奥さんはご承知なのか？」

「英子はこのことには関係ない」

くぐもった、しかし断固とした声だった。何人《なんぴと》の容喙《ようかい》をも許さないという意志が剥き出しになった声だった。死体のように微動だにしない、冷たい響きだった。大木は鼻白む思いがした。高野には高野の、あれほど惚れた女房であっても決して分かち合えない独り切りの世界があるに違いない。高校以来の友人であっても立ち入ることのできよう筈もなかった。大木は話題を変えることにした。

「で、俺になにをしろと？」

「手伝ってくれ。オマエは弁護士なんだから」

「オマエ、この話はどこまでオマエを連れていくかわからんぞ。非上場会社の話になれば、裁判所だけでは済まなくなる。中小企業の盛衰は日本の浮沈にかかわる。オマエは日本中の同族会社を解凍してやろうと言っているんだ」

「解凍？」

「そうだ。今、上場会社を含めて４００兆円の内部留保がある。そのうち１５０兆は非上場会社、つまりは同族会社だ。その大半はオーナー経営者で、少数株主のことなんか無視している。そいつに火を点けて回ろうって言ってるんだぞ、オマエは」

「そんなつもりはない」

「いや、そうなる。少数株主の株が売れるようになれば、オーナー経営者は安閑としていられない。経営者に改善を求めると言ったばかりだろう。そいつは、眠り込んでいる大半の経営者に刃を突き付けることになるんだ。最後は、非上場会社の少数株主に、会社に対して株を買い取れという法的請求権を与えるという話になる。政治だ。あ、この話、輿水先生ならわかるぞ。日本の非上場会社に凍り付いている150兆円の内部留保を流動化する話だからな。いや、もっとだ。不動産や持ち株の含み益を実現しようっていう話だ。そのためには、少数株主に買取り請求権を与えるのが一番効果的だ。輿水先生なら、『失われた20年を取り返す』なんて言って、日本解凍法案を議員立法で通してくれる」

「日本解凍法案だって？　なんだか物騒な話だな。まるで北一輝の『日本改造法案大綱』みたいだ。そんな戦前の話は俺には関係ない。俺は、目の前の少数株主の役に立ちたいだけだ」

全国の墨田のおばちゃんたち

高野は大木の顔をまじまじと見つめると、

「だから、俺は新しい会社を作ろうかと思っている。だけど、心配はオマエの言った『オマエのやってるのは薄汚い金儲けだって世間に言われる』って話なんだ。違うんだ。俺のは義憤だ。別に金儲けが薄汚いなんて思ったことは一度もないが、今度のことはぜんぜん違うんだ。それがはっきりとわかるようにしてくれ。会社の名前はなんとつけたらいい？

墨田のおばちゃんの件だけで、1回こっきりの話なら俺の名義でも俺の持っている会社の名義でも構わない。しかし、話したとおりどうやら数が予定していたのと桁違いになりそうだ。人様の金を扱う仕事だ。人様の株を買うって話だ。金儲けのためだと思う連中もいるだろう。

誤解されたくない。まあ、自慢じゃないが俺がバブルの前やバブル崩壊後にしてきたこともいろいろあるしな」

「ああ、バブル崩壊を見通してその頂上で手仕舞い、崩壊し切ったらおもむろに再出動するなんてことは誰にでもできる芸当じゃない」

「またそれか。なにもかも偶然なんだよ。今の女房に惚れたらこうなってしまった。俺はお釈迦さまの手の平の上で飛んだり跳ねたりしていたつもりの孫悟空さ」

「それでも、なんのためにせよ目の前に確実な儲け話があるのに手を引いたオマエの決断力は凄かった。そのときにはなんともバカなことをと思ったが、後になって俺は大いに感心したよ」

「その話はもういい。未来の話をしよう。俺は過去には関心がない。こいつは俺のためじゃない。金儲けにしたい奴はするがいい。俺は違う。俺は、こう思っているんだ。日本には100年以上続いた会社が2万7000社もあるという。そう聞けば、オマエだってなるほどと思うだろう。言うまでもないが、そういう長寿企業の大半は同族会社なんだ。日本にはそうした会社がたくさんある。ドイツには1500社程度しかない。日本てのは世界のなかでも珍しい長寿企業大国なんだ。江戸時代から続いている会社が3800社と聞けば、その物凄さがわかろうというものだ。そういう国柄なんだな。おっと、偉そうに大弁護士さんに講釈してしまったが、なに、今度のことを考え始めてからのにわか勉強なんだがね。どうしてそうなのか、って俺なりに考えた。

それで思いついたのが、日本の同族会社が利益第一ではないからなんじゃないかってことなんだ。そうした会社では何が優先事項か？　会社が生き続けることそのものさ。今風に言えばサスティナビリティってことになるのかな。自分たちが生きていければいい。それだけだ。その裏で泣いている少数株主のことなんて誰も考えもしない。公私混同は得意だがな。だが、俺は俺のやることは金儲けにはなってはいけないと思っている。少数株主は救われなくてはいけない。しかし、それを金儲けの手段にしてはいけないと世の中に問いかけたい。俺のしようとしていることを真似して金儲けの手段に使うやつは、社会のためにならない、国のためにならない」

高野の台詞は止まらない。

「なあ、大木。孔子は1頭目の牛を助けた後、同じように荷物を背負って喘いでいる牛に出会わなかったのだろうか？　そんなことはあるまいと思う。なんども同じ機会があったに決まっている。では、二度目のとき孔子はどうしたのだろう？　三度目は？　四度目は？　そのたびに助けてやったのだろうか？　そんなこと、巨万の富がなけりゃできない。孔子は金持ちじゃないし、権力者でもない」

「孔子は、2頭目は気にならなかったんじゃないか。いや、1頭目だって本当に助けたのかどうか、誰も知らない。弟子と話せば、弟子に情熱を教えてやれば、もう自分の心のなかでは終わったことだったのかもしれない。所詮、世の牛を我が手で救うなど自分の力の及ぶことではないと初めからわかっていたろうからな。弟子に、知識ではなく行動への情熱を教えさとしたら、それでよかったのだろうと思う。口先に理屈を載せてみるだけでは意味のないことを示したかったんじゃないか」

「ほう、陽明学のようだな」

「そうかもな。陽明学も、もともとは孔子だろうからな」

「なんにしてもオマエが、国のためにならないなんてセリフを言い出すとはな。なんともだな。オマエからそんな話を聞くとは思いもしなかったが、オマエの言っていることはわかる。俺は弁護士だから、頼まれれば違法でなく、かつ俺なりの正義感に反しなければどちらの側の味方でもする。誰のために働いても日本の法の支配に貢献することになるってのが俺の信念だ。ほんの少し、人間の目には見えないくらいちょっぴりだけどな」

「わかってる。だから、オマエをお抱え弁護士として押さえておきたかった。考え出したら、一刻の猶予もならない気がした。切羽詰まったという思いなんだ。それで直ぐに会いたくなったってわけだ」

「できるだけ早く、な」

高野の言葉を軽く受け止めたものの、大木は、

「そこまで思いつめているのか」

テーブルに置いた自分の両手をながめながら小さな声を漏らした。

そして真っ正面から高野の顔を見つめながら、

「社団法人にしろ。それがいい。社団法人は利益の配当ができない。だから、社団法人で金儲けをしようなんて奴はいない。金の欲しい奴はみんな株式会社にする」

「なるほど、世の中ってのは、いや、法律ってのはそんな風にできているのか。知らなかった

な。わかった。で、なんて名にしたらいい？」

「社団法人非上場会社社外取締役導入推進協会はどうだ？　いや、社外取締役を入れることだけが目的じゃないから、狭いな。オマエの言う、当て馬でもいい、なんにしろ株主といっしょになって会社に働きかける、っていうのを世間にわかってもらえるようでなきゃな。そのためには、端的に非上場会社コーポレートガバナンス推進協会というのはどうだ？　見ればなにをする団体なのかすぐにわかる。世の中は、コーポレートガバナンスというと上場会社のことだと思っているから、おや、と注意を引きつけられる。コーポレートガバナンスの推進と謳っているから、社外取締役の導入を呼びかけるのも目的の一つに決まっている」

「非上場なんてふつうの人にわかるかなあ？　それに、非ってのはいかにもネガティブに響く。同族って言えばだれでもわかる。非上場ったって、良くも悪くも同族会社の話だろ」

「そうだな。そのとおりだ。さすがに人たらしのセンスがある。そのほうがいいな。しかし、同族会社コーポレートガバナンス推進協会では、いかにも長いな。ここはオマエのビジネス・センスで、なにかひねり出せよ」

高野と大木は、見たこともなかった新しいおもちゃを手に入れた幼い2人の子どものように、テーブル越しに額を突き合わせていた。

高野が声をあげた。

「わかったぞ。同族会社ガバナンス協会、で行こう」

「良い名だ。その社団法人が非上場会社、同族会社にガバナンスを説き、少数株を売る手伝いをする。いやあ、こいつはおもしろいことになりそうだな。俺にとっては社会と国の役に立ってる間に弁護士業もできてしまうってわけだ」

成功報酬

「大木。さっきも言ったけど、株を買ってくれという話が次々と舞い込んでいる。もっと来る。いっぱい来る。買う金は俺が出す。最高でも配当還元、つまり配当額の10年分で買うつもりだから、目先は俺の資産で十分だ。その後で裁判になる。値段はもっと高くなるだろう。そしたら差額は売主に戻す。なんにしても弁護士の世話になる。しかし、弁護士を雇う金まではない」

大木の目が光った。高野は気づかない。

「そこで、オマエの事務所でやってほしい。只とは言わん。しかし、うまくいったときまで待ってほしいんだ」

「成功報酬で働けってことか」

「以前にもあったじゃないか。あれだ。うまくいったろう」

何十年も前、まだ若かったころ、大木はある破産会社の元オーナーに頼まれて散逸した財産の回収をしたことがあった。もちろん、破産会社の財産はすべて破産管財人という名の裁判所が選んだ弁護士の支配下にあった。その追及をすり抜けた財産が海外にあるので、それを回収したいという依頼だった。高野が言っているのは、その元オーナーが初めに調査費用程度の金は出すが、原則、すべて成功報酬でやってくれと泣きついてきたときのことだった。

　そう頼まれた大木は、元オーナーがなぜそうしたいのか、その理由を知る必要があった。弁護士として依頼者のためというだけではない。そう約束すれば元オーナーのプロジェクトは大木のプロジェクトにもなるからだった。

　大木の事務所では、ふだん時間制で報酬を請求する。弁護士が働けば、その時間に時間当たりの単価をかけるのだ。もちろん、経験や知識、なによりもどれだけ依頼者の役に立つかによって、弁護士の時間当たり単価はさまざまだ。

　ビジネスの依頼者は金に関わって弁護士を頼む。契約書の作成であれ、会社の取り合いであれ、はたまた損害賠償の請求であれ、どれも金に直結している。争いごとなら勝てば金になる。負ければならないどころか取られることもある。しかし、訴訟が続いている間じゅう弁護士を時間制で雇える依頼者は限られている。どんな結果が予測されようと、毎月請求があるごとに払う。それが時間制なのだ。

　そうではない依頼者のために働くにはどうすればよいか。

　その答えの一つが成功報酬なのだ。

　アメリカでは、個人が企業を訴える時には、初めは弁護士に1ドルも払わないで済むことがある。貧しい人々にとっては闇夜の光明だ。だが、勝てば3割から4割は成功報酬という名のもとに、弁護士が持っていってしまう。和解をすれば手間をかけずにある程度の金になるとなれば、弁護士の側には和解をする誘惑が大きくなる。それどころか、初めから和解を狙って、原告となる人々を弁護士が探して回るという現象も起きてくる。

大木はそういう種類の弁護士ではない。企業相手の事務所なのだ。時間制で払ってもらえるなら、それが一番事務所の経営としては良い。精神衛生にもいい。

大木の事務所には弁護士だけでも80人以上いる。補助スタッフを加えると200人近い。もし依頼者が時間制で毎月きっちりと払ってくれるなら、大木の事務所の収入は月に5億を超えるだろう。だが、弁護士が時間をかけた分をすべて払うという依頼者は一部でしかない。

事務所の銀行口座からは毎月、個人ではとても賄えないほどの金額のお金が出ていく。ときどき大木はパートナーと呼ばれる共同経営者に冗談ともつかず、こんなことを言うことがあった。

「家賃は待ってくれない。従業員は決まった日におカネが入らないと生活できない。だから、エクイティ・パートナーの取り分は最後になるのさ。ゼロもある。マイナスもある」

エクイティ・パートナーというのは、パートナーという共同経営者のなかでも出資をしているパートナーを指す。27人のパートナーのうち8人でしかない。株式会社の株主に似ている。出資をしたパートナーもいれば出資していないパートナーもいるのだ。出資をしていれば、事務所の帳尻が黒字になれば、それを分け合う。利益の配分ということだ。あらかじめ決めた割合による。大きな報酬を事務所が得れば、パートナーの分け合う利益も多額になる。

実は、マイナスはもちろんゼロになったこともこれまで一度もない。大木の事務所のエクイティ・パートナーには年収1億を超す者が何人もいる。それなりにみな潤っている。それでも、アントレプレナーとしての緊張感は強い。1年後の収入など、どこにも保証はない。未来についてなんの当てもない立場なのだ。

大木は依頼者にとってフェアだと思えば、時間制以外の報酬にすることを躊躇しない。着手金と成功報酬というのがふつうだ。場合によっては着手金はゼロにして成功報酬だけにするしかない依頼者もある。金に換えることのできるはずの大きな権利があると言ってみたところで、手元に現金があるとは限らないからだ。大木の事務所は大きなリスクを抱えこむことになる。弁護士やスタッフには事務所から毎月給料を払い続けなくてはならない。しかし、依頼事件が終了するまで金は入ってこない。それどころか、解決しても成功でなければ金にはならないのだ。

その代わり、成功すれば大きな成功報酬を得る。着手金もなしなのだ。依頼者にとっても願ったり叶ったりということになる。

だが、大木が成功報酬の約束を依頼者と結ぶ理由はほかにもあった。

大木は成功に向かって自分を駆り立てる、その緊張感がたまらなく好きなのだ。負ければ、ゼロになる。いや、若い弁護士への報酬やスタッフへの給料がすべてコストとして伸《の》しかかってくる。

だが、成功報酬であればどれだけコストを費やすかは大木の自由だった。依頼者には迷惑をかけない。なにもかも大木とエクイティ・パートナーたちの負担なのだ。良い結果につながれば？　依頼者は大いに喜ぶ。大木らも高い報酬を受け取る。

大木は、徹底的に調べて、とことん内部で議論し、鉄壁のような論理を組み立て、そこへ人情を加味し、必勝の布陣を敷く。そうした仕事のしかたがたまらなく好きなのだ。時間は気にしない。コストも気にしない。仕事の質だけが問われる。

だから、若い弁護士に口癖のように言う。

「目の前の仕事は、人類の歴史の流れが君の目の前で一つになって焦点を結んでいるものなんだ。原始、人の世に不動産というものはなかった。あったのは地面だ。いや、地面という意識も、言葉もなかったのが始まりだ。それが、1万年前に農業が始まって、すべてが変わった。ここは自分のものだと標《しるし》をつける奴が出てきて不動産という法的概念が生まれる。やがてその権利を売買し、貸し借りし、そのうち証券化までするようになった。だから、紛争が起きたら弁護士に頼るほかなくなる。すると、紛争予防のための契約書も弁護士に頼んでつくらなくてはならないことになる。紛争もその予防も、どちらも同じことだ。弁護士にしか見えない世の中の切り取り方があるということだ。

反対に、そこが子どものころの幼い恋の舞台だったこと、或る人間にとって無限のセンチメンタル・バリューがある場所だということなど、弁護士には認識できはしない。地質学者にとっての土地と弁護士にとっての不動産は違う。同じ地面なのに、まったく別物だ。しかし、弁護士は場合によっては地質学者の意見を聞かねばならない事件も扱うのさ。法律は言葉と同じ。なんにでも絡みつく。そいつが、今、君の体の正面にうずくまって、君の手で触れてもらうのを待っている。勉強する奴には見えるものが、勉強しない奴には見えない。見えない弁護士は、極楽トンボの生活を送る。酔生夢死だな。おっと、最近の若い者は漢文には縁遠いのかな」

あのとき、破産した元オーナーの提案にはそれなりの理由があった。金は持っていたのだが、会社を追い出されてみれば溜まり水を抱えてそこから汲み出す一方の生活でしかないのだ。大きな会社のトップとして一方で売り上げが立ち、他方で経費が出ていく生活に慣れていた。しかし、破産してみれば金が出ていく一方の生活になってしまったのだった。どんなに大きな池でも、毎日水を汲み出せばいずれ尽きてしまうものだ。その過程が人間には辛い、耐えられない。先を想像するだけで不安で、いてもたってもいられなくなる。管財人も狙っている。悪い結果ばかりを想像する。悲しいことに、人間は想像に縛られて行動する生き物なのだ。だからあのとき、成功報酬にしてほしいと言われて、大木は承知した。うまくいけば、時価総額100億円の資産の海外子会社の支配権を取り戻せるのだ。当時の法律ではどれも管財人の支配の外にあった。元オーナーと大木の間で、成功したときには取り返した会社の資産の10％を報酬として払うという約束をするのに時間はかからなかった。うまくいって会社の支配権を取り戻してしまえば、個人ではなくその取り戻した会社に大木への成功報酬を支払わせることができるという思惑もあった。大木の腹のなかには、3億はかけて徹底的にやってやろうという意気込みがあった。

3億を時間単価が3万円の弁護士で計算すれば、1万時間になる。5人のチームで年に1人が2000時間費やすとすれば、ちょうど1年分だった。事件は1年では終わらない。しかし、最初にコストがかかっても、その後は一定の巡航速度に落ち着くものだということも経験で知っていた。そうしたやり方が、大木に並の弁護士を遥かに上回る収入を与えてきたのだ。大木の事務所にいる弁護士もその恩恵にあずかってきた。しかし、あくまで事件の見通しをつけるのは大木なのだ。

世間並みの弁護士では負ける、しかし大木がチームで取り組めば勝てる事件。そうした勝つことの困難な事件が大木の心を揺さぶるのだ。依頼者にしてみれば、頼みたくても時間制では到底不可能な事件。そうした依頼者との出逢いが大木の魂を磨き上げてきた。勝率を誇る弁護士などは軽蔑している。難しい事件をやらなければ、勝てる事件だけをやれば、勝率は上がるものだ。18歳になって中学校の入試問題だけを解いているようなものだ。

勝てば、大きなお金になった。勝てなければ？　報酬はない。だが、勉強は無駄にならない。事務所の弁護士にとってみれば、途方もなく高い給料をもらいながら、毎日勉強し続けることができるというわけだ。その果実は、それぞれの頭や体に蓄積されずにはいない。必ず次が来る。そのときに高い発射台から飛び立つことができるのだ。

客観的に言えば、成功報酬にするということは大木が訴訟のフィナンシャルなリスクを引き受けるということだった。ただの弁護士はそんなことをしない。自分はリスクを引き受けない。だから自由で中立の立場から公正な助言ができる。世の多くの弁護士はそう考えている。大木にもその考えはわかる。そうかもしれないとも思う。そうすることも多い。

それでも、大木は自分のプロジェクトが欲しくなることがあったのだ。

破産会社のオーナーを紹介してくれたのが高野だった。だから高野は、結局その事件で大木が成功し、大きな報酬を得たことを知っていた。具体的な金額は知らなくとも、大木が、金を稼ぐことができたことを喜んでいる以上に、自分の事件についての見通しが正しかったことが証明されたことや、その証明が他のなによりも事務所の弁護士たちやスタッフの努力によって達成されたことを喜んでいることを高野は理解していた。大木はそういう人間なのだ。

仕事では破天荒に振る舞い、趣味は自宅マンションのテラスでの園芸。司法修習生時代に弁護士事務所の先生に誘われて盆栽を見に行ったのがきっかけだという。弁護士になるころには斑《ふ》入りの万年青《おもと》を好む青年に育っていた。

「あの事件でオマエは歴史を創った。だから、今度は俺といっしょにそいつをやってくれ」高野はテーブルに両手をそろえて、その間に丁寧に頭を埋めた。ゆっくりとした動作だった。

「高野、こんどは俺独りで決めるわけにはいかない。事務所はそれほどに大きい。組織には組織としての意思がある。会社と同じだ。パートナーに話をしてみる。説得できると思うが、決めるのは俺じゃない」

大木の自制した、しかし自信に満ちた声だった。

価格決定のための非訟事件

墨田のおばちゃんの事件について、裁判所の決定はあっけなく出た。2億5000万円だった。

裁判はパートナーである辻田美和子弁護士が担当した。辻田は会社の価値についての鑑定意見をなじみの公認会計士に頼むと、自分の考えとすり合わせて裁判所への提出用の鑑定意見書を作り上げた。それに裁判所は説得されたのだ。

辻田は、これまでの経緯を強調した。

なかでも、墨田鉄工所があたかも町工場を営んでいる会社という印象を与えるその社名にもかかわらず、もともとの事業であった町工場をやめてからすでに長い期間が経過していて、実態は不動産を保有して賃貸しているだけの、従業員も僅か5、6人にすぎない会社であることが詳細に説明されていた。

「墨田鉄工所は、支配株主が自分たちだけを役員にし、役員としての報酬をむさぼるだけでなく、ゴルフ、飲食などが公私混同の種になっている」と具体的数字を挙げて辻田は糾弾したのだ。なかでも、川野宗平が、持ち株が3分の2に達したとたんに手の平を返すように態度を豹変させ、義理の伯母であり旧役員でもあった川野純代に対して冷たい態度をとったことが、その部分はあえて淡々と客観的に、かつ、正確に述べられていた。もっとも大事な金額については、DCFという将来の収益力と純資産評価を50対50の割合で足し合わせるべきとされ、その結果、墨田鉄工所の全株の評価は53億7000万円になると結論づけられていた。帳簿価格は15億円ほどだったのが、フェアな価格を裁判用に評価してみれば3倍以上になったのだった。不動産に厖大な含み益があることが、言わず語らずのうちに決定的だった。53億7000万の7%は3億7590万になる。しかし、経営を支配していない少数株にとどまるということで、敢えて3分の2に自分から減額してみせ、最終的には2億5000万円というのが裁判所の決定になるべきだと記載されていた。

裁判では数字はすべて裁判所が決める。もちろん、辻田がやったように、それぞれが繰り出す鑑定がまず重要だ。相手方、川野宗平も木野功の会社、京島プロパティの名前で鑑定書を出す。裁判所は裁判所で鑑定人を選任する。裁判所からすれば、売主も買主も一当事者にすぎないのだ。どちらに対しても、えこひいきなく平等に、ということしか念頭にない。売主だけ見れば7%の株にすぎないから、会社の支配権を握って経営者になるなど考えることもできないし、また役員になって役員報酬をもらうなどということは非現実的であり、結局のところ配当をもらえるだけの価値しかないという見方が成り立つ。

だが、それは買主の立場から見れば一変する。買主にしてみれば、現在持っている会社を支配している株の数が増加するということなのだ。それに、配当の額は多数派である買主が勝手に決めているのだ。株主の過半数でものごとが決まる株式会社特有のむずかしさだった。

民と民の間の売買交渉と違って、裁判所が介入して、裁判所の権威の下に決める価格だから、売り手と買い手の露骨な力関係は排除される。だから、それぞれの立場からの評価を半分ずつつき交ぜてというのが一応裁判所のスタート・ラインになる。結局のところは半々ということになりがちだ。

しかし、それは表面だけのことだ。

裁判官は独り切りの個人なのだ。独りで考え、判断し、自分の思いどおりに決めることができる。忘れてはならない。裁判官もまたふつうの人間なのだ。だから、当事者がどんな態度で裁判に臨んだかということに微妙に、しかし敏感に反応する。辻田が事ここに至って裁判になるまでの経緯についての説明の労をいとわなかったのも、それだからなのだ。難しく言えば、裁判官の自由心証ということになる。要するに、裁判官の胸三寸といってもよい。

裁判ではなによりも公正であり信義があり誠実であることが大事なのだ。川野宗平が受験浪人時代以来の友人である木野功なる男をダミーに使って京島プロパティという会社を設立させ、その会社を譲受人としたのは、露骨に裁判所の心証を悪くしてしまった。裁判所をごまかせるとでも思っているのか、という怒りを買ってしまったのだ。

具体的には、これまで配当を低く抑えてきたことについて裁判所が痛烈な批判を加えるという形で現れた。そんな恣意的な会社では、株の評価を配当還元だけで済ませることなどできない、それではダメで、純資産を大幅に加味すると宣言したのだ。しかも、土地の簿価と時価の乖離《かいり》が著しく大きい、つまり、大昔に買った土地がびっくりするほど値上がりしていて、簿価と時価とのへだたりがあまりに大きいことを、簿価ではなく時価を基準とする理由として裁判所は挙げた。そのうえ、会社は事業を継続するのだから、会社を解散した時にかかってくる法人税は考えに入れない、控除しないとまで言い切った。

川野宗平の雇った大飛驒弁護士は裁判所に対して、「買い手の木野氏は、会社名義ですが実質は個人です。まったくの独立した第三者ですので、川野本人が買うのと違って、単なる利回り基準、つまりどのくらいの配当が将来的に期待できるかで決めるべきです。それも、持続的なものでなくてはなりませんから、一定の減額、たとえば7掛けといった評価をすべきです」

と主張した。

辻田が相手の主張に反論したいと申し出た。常道だ。

すると、裁判官は、むっつりとしたポーカー・フェイスを崩さず、「まあ、もういいでしょう。結論を早く出したいと思っています」と答えたのだ。相手の大飛驒弁護士は、なにを誤解したのか、唇の端でニヤリとした。

1週間後、辻田弁護士は裁判所に行っていたアソシエートの弁護士から電話で第一報を受けた。すぐに川野純代の携帯に電話を入れる。

勢い込んで「川野さん、2億5000万円になりましたよ！」と言うと、純代は、

「ああ、先生、私の株、一つもなくなってしまうのね。亭主が作ってくれた会社の株だったのに。私、売り払ってしまったのね。なんだか、私の人生の証が消えてしまったみたい」

と一言漏らした。なんとも張り合いの抜けてしまうような反応だった。

辻田弁護士は黙って受け止めた。

〈そんなものかもしれない。彼女は88年も生きてきたんだもの〉

言葉を呑みこんだ。

1〜2秒の沈黙が過ぎると、川野純代は、

「ごめんなさい。先生、『ありがとうございました』って申し上げなきゃあいけないわね。でもね。嬉しい結果だけれど、私の人生は結局お金だけだったのかしらって感じてしまったの。2億5000万から、税金も弁護士さんの費用もそれにあの敬夫さんのぶんもちゃんと引いて

くださいね。ほんとうは私、もう1円だってもらえる立場じゃないんですから。でも、まあ、あちらへ行くまでくらいは大丈夫そう」

と静かな声で告げた。

辻田弁護士が、

「まだまだ、あの世に行かれる前にできることがいっぱいありますよ」

と励ますように言葉を選ぶと、

「え？」

怪訝な声が返ってきた。

続けて純代は、

「あの世で私の旦那だった男、川野又男はなんて思っているのかしら。他人に厳しい人だったから、あっちで会ったら、『結局、オマエはバカな女だったたってことだな』って呆れられるわね。なんと言われたって仕方がないわ。本当なんですもの」

〈人は、大事にしていたものをお金に換えてしまうと、お金が手に入っても肝心の自分が消えてしまったと感じてしまうものなのか。お金があれば他人を助けることもできるのに。そうすれば自分がこの世に存在していることを強く感じることができるのに〉

辻田は不思議な気がしていた。川野純代は株をお金に換えることを望んでいたのだ。地獄の鬼に追いかけられてでもいるように、いつなのか、まだなのかと辻田を急き立てていたのは、川野純代ではなかったか。

買い手から大木事務所の銀行口座に入った金から、大木の事務所への弁護士報酬分である20％と消費税を差し引くと1億9600万円になった。20％の分離課税のことも言っておかなくてはならない。すべてを差し引いた手取りの金額を川野純代の口座に送るのだ。手取りは、高野の500万円を差し引いて1億4100万円だった。

送り終えれば、大木はもちろん辻田らも二度と川野純代に会うことがないだろう。弁護士と依頼者とはそういう関係なのだ。必要があって会っている。必要があって親しく話している。場合によっては毎日のように会う。だが、必要がなくなれば、どれも消える。もう会うことはない。それでも、なにか面倒が起きれば必ず電話がかかってくる。

向島運輸　その1

大木の部屋から、彼の大きな声が聞こえていた。

「高野さん、こんどは三津田沙織っていうおばあちゃんを助けてやるんだそうだ。『少数株だけど買ってくれ』と頼んでくる人がたくさんいる。その中から、高野さんなりの基準で選んだ方っていうことだ。皆も知っているとおりこれまでに何人ものお手伝いをしてきた。目の前の気の毒な人たちをみんな助けることはできないから、一人ずつ、できることをする。なるようになるのではなくて、できることをできるだけやる。それ以上のことは人間の力の及ぶところではない。どこまで行けるか、どこで止まるかは考えない。

目の前の人を助ける。それが高野さんがこの社団を運営するうえでの信条なんだな。次につながる方というのがどうやら基準らしい。高野さんらしい。数珠つなぎってわけだ。とにかく、たったいま高野さんから連絡があった。向島運輸という会社がターゲットだ。三津田沙織さんは向島運輸株式会社の創業者である三津田作次郎という方の奥さんで、株を12％持っていらっしゃる」

大木の大きな机の向こう側に、パートナーの西田正俊弁護士と若い桃井幸助弁護士が立っていた。どちらもメモのために、イエローパッドという名のアメリカ風の弁護士用のレポート用紙のようなものを摑んで離さない。

「高野さんの話では、墨田のおばちゃん、いや川野純代さんのお友だちなんだそうだ。ということは、高野さんのご母堂の同級生でもあるってことだ。なんとも狭い世界だな。墨田、向島か。まるで荷風の世界だ。永井荷風という小説家は、昭和11年、１９３６年、あの２・26事件のあった年に『濹東綺譚』というタイトルの小説を書いている。向島の狭斜の巷に咲いた美しい、可憐な26歳の女性の話だ。書いたご当人は57歳だがね。『ねえ、あなた。わたし、借金を返しちまったら。あなた、おかみさんにしてくれない』と荷風らしき小説家に話す場面があったな。荷風は取り合わないんだがね。もっとも、高野さんの持ってきてくれた三津田沙織さんの話は、仕事だ。ヒロインは26歳どころか、川野純代さんと同じ歳だから89歳だ。89歳の小学校の同級生同士ってわけだ」

「キョーシャって、なんですか？　キョーシャのチマタって？」

好奇心に満ちている桃井弁護士が大木弁護士にたずねた。四角い顔に戸惑いの表情が見え隠れする。

「ああ、そうだよな。いまどき狭斜なんていっても、君ら若いもんには何がなんだかわからなくて当然か。ま、いま風にいえばフーゾクのことだ。言っとくが、荷風の愛した娼婦たちの世界とは別の、職人や零細企業主の世界が向島にはあったのさ。その世界が、アメリカ相手の戦争が終わって復興が始まると、活気を帯びた中小企業の世界に大変身して大きくはばたく。小学校もあって、たとえば川野純代さんも三津田沙織さんも、2・26事件のあったころに小学校に入学したってことだ」

「そのころは、小学校と呼ばずに国民学校と呼んでいたんじゃないんですか？」

こんどは西田弁護士が声をあげた。目が輝いている。

大木が大げさに右手を目の前で振ってみせた。

「よく知ってるな。でも、そいつは1941年からだ。その前は、正確には尋常小学校だ。そうか、そうなると、川野さんや三津田さんは尋常小学校に入って国民学校と名の変わった後に卒業したのかもしれんな」

そこで一息つくと、大木は、

「それにしても、沙織さんという名の女性が、じつは89歳のおばあちゃんてわけか。私なんかにとっては、沙織っていうと南沙織で、とってもキュートな10代の女の子のイメージなんだがなあ。大阪で万博があったころだものな。1970年、昭和45年、東京オリンピックの6年後。

こっちも歳を取るわけだ」

大木が2人を部屋に呼んで話を始めたところだった。大木の話はいつも脱線する。脱線するたびに、若い弁護士たちは思いもかけない風景を見せられる。20代後半の弁護士はバブルすら知らないのだ。アメリカとの戦争など、遠い世界のことでしかない。

社団が発足して1年が過ぎた。もう、毎週のように新しい案件が入ってきていた。西田弁護士の下にも、30人を超えるアソシエートが6つのチームに分かれて忙しく働いている。土日を返上することも珍しくない。こうした仕事が事務所の仕事の五分の一を占めるまでに増えていたが、メインは大企業を依頼者とした仕事が相変わらず続いていた。

高野敬夫は、依頼があると直ぐに大木に連絡を入れる。大木はただちに、プロジェクトにかかわっている4人のパートナー弁護士のうちから担当パートナーを決めると内線電話を入れる。その電話で相談してどの弁護士に直接ハンドルしてもらうかを即決するのだ。案件を直接ハンドルするのは、若い弁護士たちの役割だった。2分後には2人の弁護士が大木の机の前に立っていることになる。

桃井弁護士は西田パートナーのチームに所属している。弁護士になってから未だ3年にしかならない。しかし、事務所に入って以来、一貫して非上場会社の仕事を主にやってきているから、もうすっかり一人前の観があった。それもそのはずだった。リーダーとして、いっしょに働く1年生、2年生の弁護士サブチーム3人を率いているのだ。

「桃井先生。ウチにいると1年が5年だからな。だから、君はもう15年選手ってわけだ。道理でデキると思ってたよ」

大木が陽気に話しかけると、

「はい、自分でもそんな気になってしまいそうで、かえって怖いです」

と素直で率直な返事が、はにかんだ微笑みとともに戻ってくる。謙虚さと意欲が同居しているのは西田弁護士仕込みだった。

「向島運輸っていう会社があって、三津田さんはそこの株を12%持っていらっしゃるのは言ったとおりだ。運輸と社名に入っているが、もうとっくに運輸業はやめて、現在はビルや駐車場の賃貸業を営んでいるんだそうだ。なんでも、墨田のおばちゃんの小学校の同級生だったうえに、亭主同士は商売仲間だったらしい。墨田のおばちゃんから社団法人のことを聞いたんだな。世間は狭いね。『私の株も買ってください』と来たそうだ。川野さんが高野さんに墨田鉄工所の株を2億5000万円で買ってもらったと聞いたんだそうだ。つまり川野さんが高野さんの話を吹聴したってことだ。『どうにもならないゴミだと思っていたのが、500万もの値段で売れたのよ。それだけでもありがたいって思ってたら、容子ちゃんの坊や、敬夫《のりお》さん、それを2億5000万にしてくれたのよ』って、川野さんが小鼻をうごめかして、唾を飛ばしながら自慢している姿が目に浮かぶよ。まったく、最近の年寄りは元気そのものだな」

「裁判所が川野純代さんが想像もしなかった値段をつけてくれました。べつに高値というわけではありません。墨田鉄工所という会社の価値がそれだけあったということです。起こるべきことが裁判所のおかげで起きたというだけのことです」

ふっくらとした顔にメタルフレームのメガネをかけた西田弁護士が興奮を抑えつつ冷静な声を出した。辻田弁護士といっしょに川野純代の株の件を担当していたのだ。

西田正俊弁護士は弁舌爽やかな、いかにも頭の切れるといったタイプの男ではない。ふつうといってよい。それが、弁護士としての仕事の場では信用を生み出す。

弁護士は不思議な職業だ。超高級ナイフのような切れ味で喋りまくったところで、滝の水が勢いよく流れ落ちるようにとうとうと論理を展開してみせたところで、話している中身が信用できると相手が受け取ってくれるとは限らないのだ。弁護士にとって相手を煙に巻くのは仕事の一部にすぎない。かえって反発を買うことも多い。殊に、裁判官のように自分の能力に自信を持っている人々を相手に訴えかけるときには、才気走ったところを見せるのは不興を買うだけになりかねない。その点で西田弁護士には人を惹きつける天性のものが備わっている。

西田弁護士とそのチームが三津田沙織に来てもらって事情を聞くと、どうやら彼女は向島運輸の株をめぐって大変な状況に置かれていることがわかってきた。

もともと向島運輸という会社は三津田沙織の夫だった三津田作次郎が、アメリカとの戦争が終わってすぐに創業した会社だった。創業時には、仕事の見込みはあったものの資金が絶対的に不足していて、近くで八百屋をやっていた伯父など親戚や友人たちに出資を頼んでやっとかき集めた資金での出発だった。

昭和35年、1960年ごろの高度成長期、鉄やセメントを中心とした製造業の勃興にともない、運輸業は伴走者として必然的に伸びていった。向島運輸の業績も順調だった。もちろん、墨田鉄工所も向島運輸の上得意の一つだった。

小学校の同級生は、20年経ったのち結婚し子どもを持つ歳になっても相変わらず自分たちの生まれ育った土地に住み続けていて、その場所に根付いた小さな会社、たとえば墨田鉄工所や向島運輸の社長夫人同士になっていた。だから、子どもができれば自分たちの母校でもある小学校に通わせる。PTAのお仲間にもなる。地元の神社のお祭りにも参加する。同じ地域に住む者として、女同士、母親同士の付き合いは途絶えることがない。子どものいなかった三津田沙織にとっても、小学校の同級生との付き合いは、地縁が絶えないこともあって、いつも楽しい仲間のままだった。

80年前から現在まで続く関係なのだ。

沙織の夫の三津田作次郎はなかなかに目端の利く男だった。1973年に日本を襲ったオイルショックに翻弄されたあげく、もう個人企業が法人成りした程度の規模の会社では、運輸業者として顧客の要求する水準の設備投資に追いついていけないと敏感に悟った。1975年、50歳でさっさと手もちの不動産を一部処理して運輸業での借金を返してしまうと、土地にアスファルトを張って駐車場に衣替えしてしまったのだ。

借金のカタをつけるために一部は切り売りしなければならなかったが、相当の不動産が残った。駐車場はとりあえずのことだった。そこに次々と賃貸ビルを建て、安定した収入源にしていったのだ。不動産賃貸業の始まりだった。借金をしては土地を買っていった。

1981年、昭和56年に作次郎は死去した。56歳だった。沙織は52歳にして未亡人になってしまったことになる。夫との間に子どもはなかった。夫の残した会社はビルや駐車場を貸して家賃や駐車料金を取るだけの仕事だったから、沙織一人が暮らしていくにはなんの心配もないはずだった。

ところが相続税がかかってきたのだ。顧問の税理士は、土地に価値のある会社だから仕方ありませんねと言って、税務署の評価では3億4000万円の税金になりますと告げた。

向島運輸　その2

沙織は目の前が真っ暗になって、世田谷区の上町に住んでいた姉に相談した。沙織としてみれば、3億4000万円なら土地の一部を売ればなんとかなるのではないかと思って、そう税理士に相談してみたのだ。ところが税理士は、いやそれでは売った土地にまた税金がかかります、と恐ろしいことを言った。沙織にはなにがなんだかわからなかった。頼りになる人間が欲しかった。

姉の夫は梶田修一という名で、地方の国立大学を出てから渋谷区役所に勤めていた。

沙織は、梶田夫妻を訪ね、梶田修一に会社の社長を引き受けてくれるように頼んだのだ。しかし梶田修一はテーブルの向こうで茶をすするばかりで、黙ったままなんの返事もしてくれなかった。帰り際、鉄にペンキを塗っただけの古めかしいドアを後手で閉めながら姉の初代が、

「さっちゃん、もう一回私から亭主に話してみるから。あの人ももう年金が入る歳になってる

んだし、次男坊の健助が会社のお世話になってることもあるし。大丈夫。あの人だって、健助が会社を切り回せるようになるまでは誰かがやるっきゃないってわかってるから」

そう言ってくれた。

もともと沙織ら夫婦には子どもがいなかったことから、沙織と姉の初代の間では、沙織の夫である作次郎が亡くなる前から、初代と修一の次男である梶田健助が向島運輸の将来を引き継いでくれたらいいという思いがあったのだ。だから、司法試験を目指しているという健助が大学を出てずるずると向島運輸に入社するのも、誰もが当たり前のように受け入れた。結局、梶田修一が区役所を定年前に辞めて向島運輸の社長をやってくれることになった。妻のねばり勝ちだった。夫は、晩酌を済ませて疲れた体を布団のなかで伸ばすたびに、隣の布団から「ねえ、あなた、だめえ？　ねええ」と毎晩、妻に攻め立てられたのだ。陥落するまでに1週間とかからなかった。

「そうだな。ま、俺も年金が入ってくる歳になってくるからな。食いっぱぐれることはないか」と夫が漏らすと、妻は、

「そうよ、それがいい。今度は定年もない、気楽な仕事だし。そのうち健助がなにもかもやってくれるし」

とはしゃいで、夫の手を握った。

向島運輸という会社にはそれほどの資産があるということだった。梶田修一は社長になった後、バブルの時代、「ウチの資産は50億を超えているからね。銀行がうるさくってたまらん」

と口癖のように言っていた。そう愚痴ってみせてから最後には、「とにかく財産を減らさないのが俺の仕事だ」と付け加えるあたり、区役所に勤めていた時と少しも変わらない調子だった。

梶田修一が社長になってくれて、向島運輸のことからすっかり解放されてしまった沙織は、周囲からメリー・ウィドウという評判がたつような元気な暮らしぶりだった。贅沢はしないと決めていた。もうお金の苦労は相続税だけでこりごりだったのだ。それに、悲しんだところで夫が帰ってくるわけでもないと割り切ってもいた。分相応に生きていこう、と心がけ、日々亡くなった夫のおかげで今の暮らしがあると感謝していた。

梶田修一は平成7年、1995年に72歳で亡くなった。

修一が亡くなったときには次男である健助が向島運輸に入ってから、もう20年近くが経っていた。当然のように健助が社長を継ぎ、沙織は相変わらず会社のことなどすっかり忘れて暮らしていた。毎月100万円の金が会社から入ってくる。それが配当なのか取締役報酬なのかも沙織は気にしたことがなかった。税金のことなど考えたくもなかったし、実際、考えたこともなかった。

三津田沙織という女性は、52歳のときに夫が亡くなって以来、生活の心配をすることがないままに年老いてしまったのだった。

梶田健助は父親が亡くなったときには40歳だった。健助が向島運輸に入って数年後、創業者の三津田作次郎が亡くなって、父親の修一が地方公務員から不動産会社の社長に転身した。そのとき健助は、義理の叔父である三津田作次郎から一種奨学金でももらうような恰好で、向島運輸の形ばかりの従業員になって司法試験の勉強を続けていた。

2つ違いの兄は大学で化学を学んで大きな会社に入り、技術屋として研究所で〝亀の甲〟を相手に浮世離れした人生を送っていた。健助は、一応私立大学の法学部に入って司法試験を目指すと称していたが、実のところ遊んでばかりいた。友人たちが就職に走り回っているのを、自分は司法試験を受けるのだから違うのだと冷ややかに眺めていた。

「じゃあ、会社に入って司法試験の勉強を続けるか」

義理の叔父である三津田作次郎にそう言われて、健助は一も二もなく飛びついた。

司法試験の勉強をしていると言えば、両親も叔母夫妻もそれだけで上機嫌だった。だから、それを口実に家を空け、会社から当然のように銀行に振り込まれる給料をすべて競馬に注ぎこんでいた。受験予備校に行くと言って家を出ると競馬場に出かけた。

24歳で、向島運輸にいた出戻りの会計係と深い仲になり、結婚した。三津田作次郎が亡くなってからは司法試験は放り出してますます競馬に熱を上げるようになっていた。

質素と倹約だけを生きがいに平穏無事に社長業を営んできた父親が亡くなってからは、40歳の健助はもはや誰はばかることなく気ままな人生を送ることができる身分になった。父親のおかげで向島運輸の資産は100億を超えるまでに増えており、家賃だけで年に3億からの収入があったのだ。妻の紫乃と子ども3人の生活費の他には、三津田沙織と梶田初代の2人に生活資金を送ってしまうと、税金の他にはなにも出費がない会社なのだ。

そのうちに梶田健助は大っぴらに遊び暮らすようになっていった。沙織の耳にまで女性関係の噂がひんぴんと入ってくるほどだった。

沙織は配当を年に400万円もらうほか、姉といっしょに取締役として名を連ねていることで、向島運輸から年に1500万円の報酬をもらっていた。手取りで月100万になること以外、沙織には関係のないことばかりだった。

姉が2006年に亡くなった。それを潮に取締役ではなくなってしまい、したがって取締役としての報酬はなくなってしまった。

それでも、その年から年に400万だった配当が年に1400万円に上がったから差し引きはゼロということで、沙織の生活にはなんの変化もなかった。

ところが、2014年になってその配当が減らされてしまったのだ。

年1400万円の配当が700万円に減らされてしまった。なんの挨拶もなく、突然にそうなったと紙切れで伝えられた。否も応もなかった。株主総会もなにもなく、ただこう決まったと書類が送られてきたのだ。確かに銀行口座に入っている数字が減額のあった事実を無慈悲に示していた。

沙織は不安の塊になってしまった。亡き夫が創った会社なのに、今では甥が独りでなにもかも決めていて、他の株主たちは何一つ文句を言わない。取締役は妻の紫乃と従業員だけだった。そもそも従業員といっても、不動産の管理をしているだけの会社なのだ、10人ほどしかいない。甥の梶田健助はなにか困ったことがあると、夫も使っていた顧問税理士の中川庄太に相談している風だった。沙織を相続税でおどしたのもこの中川だった。

沙織は安泰なはずの、亡くなった夫が沙織のために残してくれた生活のたつきがいったいどうなっているのか、自分がなにも知らないでいることに恐れおののいた。なにも事情がわからないままに、岩のように固かったはずのものがつぎつぎと急に溶けだしてしまうような、際限のない恐怖だった。毎月の銀行口座への入金では足りないのだ。いったいどうしたらいいのか。自分はなにを頼りに生きていたのか。夫の残してくれたものは何だったのか。

向島運輸という会社だった。正確には向島運輸という会社の株だった。

しかし、その会社は甥の個人会社になってしまったようで、７００万の配当だっていつなくなってしまうのかわかりはしない。

思い切って甥の梶田健助を訪ねて、手持ちの株の買い取りを頼んでみた。

「え、株の買い取り？　そんな金、どこにもありませんよ」

とすげなかった。

しかたがなく、沙織は梶田健助の妻の紫乃に頼んでみることにした。紫乃は、まだ大津紫乃といったころ、生前の夫が採用した会計係だったから、向島運輸の数字にも明るいだろうと思ったのだ。

沙織にしてみると、紫乃に頼みごとをすることには大きな抵抗感があった。夫の生前、紫乃は夫と男女関係にあるという噂が社内であったのだ。

紫乃は健助よりも２つ年上だった。18で群馬の高校を出ると未だ運輸の仕事が盛んだった向島運輸に入った。３年ほどで結婚して退職したのが、直ぐに別れてしまって、また向島運輸に戻ってきた。離婚の原因も、社長の作次郎との関係が夫にばれたからだと社内では噂されていた。それどころか口さがない連中のなかには、結婚してからも作次郎と紫乃の関係は続いていて、それが離婚の原因だったなどと、見てきたように触れ回る者までいた。

健助が大学を出て、もうそのころには運輸業を廃止して不動産業の会社になっていた向島運輸に入社したことからして沙織には不思議な感じがしたものだった。よほどの理由がなければ、不動産の賃貸が主な事業に変わってしまった向島運輸などというちっぽけな会社に、大学を出てまで入ったりはしないのではないかと思ったのだ。自分の甥は司法試験と いう難しい国家試験を受けているからなのだ、夫がそれを自分のことのように喜んでいるからなのだと考えるしかなかった。

未だ夫が生きていたころ、沙織は夫にたずねたことがあった。

「健助には、あなたの会社を継ぐ器量があるの？」

夫は、

「うちみたいな不動産を貸してるだけの会社、女子どもでもやっていけるさ。あいつは司法試験を受けるって言っているからな。立派なものだ」

とぶっきらぼうに答えた。何か変、と感じたが、そのままにしていた。

その健助が会社に入ってから直ぐに年上の紫乃と付き合い始め、夫も健助の父親の梶田修一も上機嫌で健助と紫乃の話をするのを聞きながら、沙織は改めて割り切れない気がしてならなかった。夫と紫乃の噂は本当なのではないか。本当なら、いったい夫の心のなかにはなにが隠れているのか。沙織には想像もつかなかった。

社長解任の辞

健助と紫乃の結婚披露宴は向島運輸が取りしきった。昭和50年代半ばのことだ。未だそんな時代だった。中小企業の跡取りが結婚するとなれば、会社の行事にならないわけにはいかなかったのだ。

しかし、向島運輸は不動産管理会社に変身してしまっていて、顧客、なかでもほんの少しでもご機嫌を損じてしまっては商売が立ち行かなくなるといった大切なお客さまというものは存在しない会社になっていた。そうした向島運輸にしては、式は異例とも思われるほど盛大なものだった。健助夫妻が都心の一流ホテルという場所で地元へのお披露目を果たす、といった観があった。衆議院議員や都議会議員、区長や区議会議員、それに地域の商工会議所の会頭や商工会の会長、医師会長、税理士会長といった面々が出席していた。

祝辞を注意深く聞いていた者なら、彼らが三津田作次郎と縁があればこそ披露宴に出席したことや、作次郎に向かって「良い嫁が来てくれてよかった」と異口同音に繰り返すことに気づいたにちがいない。確かに奇妙な雰囲気がそこにはあった。

新郎の梶田健助は、そうしたことになにひとつ気づかず、学生時代の友人たちに囲まれて学生のころそのままの歓びの気分を横溢させていた。

もう、あの日から数十年が経っている。

株の買い取りを健助に断られてしまった沙織は、健助の妻である紫乃に頼もうと、健助が不在のときを狙って、渋谷区広尾2丁目にある梶田夫妻の豪壮な一戸建てを訪ねた。突然の訪問だった。

玄関先で、訪問の目的が会社の株を買い取ってほしいということだと沙織が切り出すと、紫乃の顔からお愛想の笑みが消えた。沙織が「あなたなら会社の経理がわかっていると思って」と言い始めると、あからさまな切り口上で紫乃から答えが返ってきた。

「私は会社のことはなにも存じません。あなたなら経理がわかるでしょうって叔母様はおっしゃいますが、それは昔のことです。いまではあの会社の帳簿はすべて中川先生が見ていらっしゃいます。私みたいな素人の出る幕なんかありません」

沙織に対して紫乃は迷惑そうな表情を少しも隠さなかった。

業を煮やした沙織は、

「ええ、よーくわかりました。とんだご迷惑様でしたね」

強い口調で言い返し、くるりと背を向けた。それが沙織にできた精一杯の仕返しだった。厚くて重い木製の二枚扉のある玄関を出て門へ向かって歩き始めると、沙織の後ろで大きな音がして扉が閉まった。

幼馴染みの川野純代が株を思いもかけず売ることができたと自慢話をしたのは、小学校の同級生仲間でやる月1回のマージャンの席でだった。89歳の老女が5人、順繰りに4人ずつメンバーになってマージャンに興じるのだ。賭け金は勝っても負けても100円を超えることはなかったが、少女時代に戻っての遠慮のないやりとりが果てしなく何時間も続くのだ。

純代の話を聞いて、沙織は胸が騒いだ。その場でハンドバッグからスマホをつかみ出すと、聞いたばかりの「社団法人同族会社ガバナンス協会」という名前の団体のホームページにアクセスした。そしてマージャンの順番待ちの間に急いで電話をした。理事長だという高野敬夫という男と話すことができた。

高野は三津田沙織の名前と会社の名前と住所を聞きとると、とても丁寧な口調で「すぐに大木弁護士に相談してみましょう」と言ってくれた。少し低音気味のバリトンで、耳に残る声だった。

1～2分ほどで電話が返ってきた。面談の日取りの手配が完了したと言う。

沙織は夢を見ているような気がした。

高野から「大木弁護士に会う際には、手元にある3年分の株主総会の資料を持ってくるようにしてくださいね。貸借対照表とか損益計算書とか表題が書いてありますからわかると思います」と念押しをされ、どうやら自分がいまの窮状から助けてもらえるかもしれないという気持ちがぼんやりとながらも湧き上がってきた。

高野の連絡を受けた大木弁護士の下では、西田弁護士がサブチームの面々とともに直ちに活動を始めた。

株主の構成は以下のとおりだった。

三津田沙織の株が全体の12％だった。

しかし、沙織の株は少数株で、主な株主は社長の梶田健助だった。

梶田健助が自分が社長をしている別会社の名義で51％の株を持っている。51％以上のオーナー株主が甥なのだ。沙織は簡単に相続税法上の評価でいう「同族株主」というカテゴリーに入れられてしまう。だから大日本除虫菊の悲劇が起こるかもしれないのだ。

他の株主は縁戚か運輸事業をやっていたころの取引先10社ほどが株主だった。それが合計で37％になった。どれも少数株主だった。

向島運輸という会社は、名前に運輸という字があっても実態は不動産を持ってそれを賃貸しているだけの会社に切り替わって長い時が経っている。会社というのはそういうものなのだ。事業の目的が時代に見捨てられれば、会社を解散して残った財産を株主に分けることもできる。だが、経営者がいるかぎり、そこで暮らしている自分や従業員の生活を守ろうと、事業の中身を入れ替えてでも生き延びようとするものだ。三津田作次郎はそれをやったのだった。

向島運輸のように土地をたくさん持っている会社は税務署から「土地保有特定会社」と呼ばれていて、梶田健助が会社名義で持っている株式には純資産を基準に相続税がかかってくる。それも時価による純資産だから、いい場所に土地を持っている会社の評価は厖大なものになりがちだ。向島運輸はまさにそれに当たっていた。

ところが配当は1株あたり年に50円とハンで押したように何年も変わっていなかった。

西田弁護士のチームで検討した結果、三津田沙織が12％の株を持っていることから臨時株主総会を開くことが検討課題となった。株主総会を開いてまず増配を要求してはどうかということになったのだ。

株式会社では3％以上の株を持っていれば、いつでも株主総会の開催を請求できる。会社は断ることができない。請求して8週間以内に開かれなければ、株主が自分で裁判所に開催の許可を申請することができるからだ。許可は直ぐに出る。株主の権利なのだ。裁判所はそれを保護するためにある。裁判官はそうすることが自分の義務だと信じている人たちだった。

会計帳簿の閲覧権も株主の大きな武器だった。これも3％以上の株主なら誰もが持っている権利だった。

「この会社はもっと株主に報いることができますよ、配当でも自己株買いでも。まったく非上場会社のオーナーってことにあぐらをかいている、ひどいオーナー社長です。株主としての権利行使をして、経営者に反省を迫りましょう。社外取締役を入れろ、って言うのもいいかもしれないです。株を売るかどうかは、それからです。我々は強い武器をたったいま手に入れました」

桃井弁護士が興奮した調子で、深夜、事務所の内部会議で報告した。

昼間桃井弁護士が三津田沙織へ電話をかけたときには返事がなかった。

ところが、深夜の12時になって電話が返ってきたのだ。事務所にいて資料の山と格闘していた桃井弁護士が出ると、かけてきた三津田沙織の方がびっくりした様子で、

「あらまあ、先生、未だいらしたんですか。こんな真夜中に」

と、遅い時刻の電話を詫びる前に驚きの声をあげた。

「ええ、今日中に片付けてしまいたい仕事がありまして」

桃井はこともなげに答えた。大木の事務所では、急ぎの案件で夜の12時に依頼者が電話しても担当の弁護士に連絡がつくのは当たり前だった。しかし、そうやって真夜中まで働く人がいることに慣れていない沙織には、なんとも鮮烈な時刻のやり取りだった。

「あそこの事務所の弁護士さんたちは、本当に依頼した人間のために一生懸命になってくれる」

後ほど沙織は時刻もかえりみずに川野純代に電話せずにおれなかった。どうせ純代も起きているに決まっていたのだ。

「ね、だから言ったでしょう」

純代の答えは、いったいなにを自慢しているのかわからなかったが、沙織の話を我がことのように喜んでいた。

桃井弁護士の用件は、会計帳簿についてだった。

株主総会の議題に、社長の梶田健助の取締役解任があった。三津田沙織が株主として提案したのだ。もちろん、桃井弁護士が沙織に代わってやったことだった。社長が取締役を解任されれば自動的に社長でなくなる。会社は法律で決まっていることだから提案を取り上げざるを得ない。梶田健助が社長を兼ねている会社が51%の株を持っているのだ。可決される可能性は事実上ゼロだ。しかし、解任の議案説明をする機会を持つことができる。否決されたとしても、今度は解任の訴えを提起することもできるのだ。会社法というものは、懇切丁寧にできているといってよい。

その良い例がこの854条だった。

〈役員の職務の執行に関し不正の行為又は法令若しくは定款に違反する重大な事実があったにもかかわらず、当該役員を解任する旨の議案が株主総会において否決されたとき〉には、30日以内に株主は裁判所に解任を訴え出ることができるようになっているのだ。

実のところ、臨時株主総会の開催はこの解任の訴えを提起するための手続きの一環にすぎないとも言えた。

たまたま向島運輸の場合には、5月に開催される定時株主総会が迫っていたので、桃井弁護士が、臨時株主総会の開催要求ではなく、定時株主総会に議題提案権を使うことを事務所内部の作戦会議で提案してそのとおりになった。定時株主総会の8週間前までに取締役の解任を議題とするよう会社に請求しておけば、会社はその議題を取り上げる義務が生ずるのだ。もし無視すれば、臨時株主総会の開催を裁判所に頼んでむりやりにでも株主総会を開くことができるから、会社は法律どおりにする理由があった。定時株主総会への議題提案なら3％も要らない。1％の株でよい。いずれにしても沙織には十分に資格があった。

向島運輸へ出かけて会計帳簿を閲覧してきたのは桃井弁護士だった。桃井弁護士は、梶田代表取締役社長に不正の行為があったと立証できるはっきりとした証拠を摑んできた。その確認のために、どうしても三津田沙織と話す必要があった。それで桃井弁護士は昼間、小躍りしなから電話をかけたのだった。

桃井弁護士の弾んだ声が、深夜の静かな事務所に木霊《こだま》した。

「では、この中野光江という女性が先日話されていた女性なのですね」

「はい」

それだけのやり取りだった。

固定電話の受話器を置くと、桃井弁護士は右手を上げてガッツ・ポーズをしたまま西田弁護士の部屋に駆け込んでいった。すぐに深夜の内部会議になったのだった。

初めての株主総会

向島運輸株式会社は、創立以来、定時株主総会をまともに開いたことがなかった。そもそも取締役会にしてからが、社長に言われて取締役が集まるから取締役会と呼んでいるにすぎないのだ。社長の梶田健助はもちろん、取締役の肩書きを持っているどの人間も、取締役会なるものがなんなのか、よくわからないままやってきた。

株主総会はもっとお粗末だった。

取締役会らしきものがあるときに、年に一度だけ、社長の後ろに座った総務課長が、「続けて株主総会を開催してください」と社長にささやく。社長がおもむろにうなずくと、総務課長が予め作っておいた式次第を読み上げ、配当の額を確認する。取締役に新任や退任があるときにはその者の名前を社長が読み上げる。それで終わりだった。誰にも発言を求めないし、誰も発言しようとしない。

株主総会らしきものがあるときには、予め株主名簿にしたがって一応招集通知を総務課長が発する。しかし、株主の誰も出席したりはしない。

それで、誰もなにも困らないでやってきたのだった。

顧問税理士の中川に言われて、取締役と代表取締役の登記は法律どおりにやっていた。そのために必要な株主総会議事録や取締役会議事録という名前のついた書類を2年に一度は中川税理士が作成していたが、それも実際に何が起きたのかとは関係のない書類に、総務課長が手元にある取締役や監査役のハンコを勝手に押してできあがったものにすぎなかった。

それ以外にはなにもなかった。向島運輸ではすべてそれで済んでいたのだ。

今回はそうは行かなかった。

大木忠弁護士以下6人もの弁護士の名前が並んだ配達内容証明郵便を受け取った社長の梶田健助は、中身を読んでみて自分の解任請求を議題にするよう記載されていることにギョッとした。若い弁護士が2人で会計帳簿閲覧だと言って乗り込んできたときには不愉快な気はしたが、顧問の中川税理士がすべて取り仕切ってくれた。「会計帳簿はキチンとなっています。税務署も通ってます。何も心配することはありませんよ」そう中川税理士は言ってくれた。

しかし梶田健助は、どうも今回はとんでもないことが起きているような気がした。それで慌てて顧問の中川税理士に、弁護士を紹介してくれるように頼み込んだ。

数日して、中川税理士から電話があり、平河町のマンションの一室にある前原弁護士を訪ねるように言われて、指定された日時に前原弁護士の事務所へ独りで出かけていった。中川税理士が先に着いていていた。

前原俊剛《としたけ》弁護士は15年の経験を有する40歳を過ぎたばかりの弁護士で、7年前に独立したのだという。前原弁護士のほかにはごく若い弁護士が一人だけの事務所だった。

梶田健助があらかじめPDFで送ってあった配達内容証明郵便についてたずねると、前原弁護士の顔が曇った。

「法的には権利がありそうですね」

「先生、叔母はいったいなにがしたいのでしょうか？　株は完全に女房と私で固めてますから、解任なんて言ってみたって通るわけがないんです」

前原弁護士の言葉に梶田健助が胸を張ってみせると、前原弁護士は、

「そうですか、奥様と梶田さんで固いんですね。じゃあ大丈夫だ。梶田さん、すると、敵は本能寺にありじゃないでしょうかね。株主提案をしても通りっこないのに提出してくるのは、間違いなく、議題を否決されることを前提としてのことです。梶田さん、この大木法律事務所っていうのは弁護士業界では知らない者はいない事務所です。ビジネスローの分野では一流との定評がある、80人以上の弁護士のいる大きな弁護士事務所です」

と言い、さらに、

「その事務所がこの案件を引き受けたからには、なにか勝算があってのこととしか思えません。

それがいったいなんなのか」

そこまで言うと前原弁護士は小さな溜息をついた。尖ったアゴの下で中年太りが始まった腹が上下していた。

「え、どういうことなんですか」

梶田健助は勢いこんで質問した。中川税理士も隣で首をひねっている。

「いえね、このやり方からすると、否決したら間違いなく30日以内に解任の訴えを提起してくるつもりだと読めます。相手は、定時総会での否決なんて通過点だとしか思ってませんよ。でも、そう考えると、大木事務所が梶田さんについて『不正の行為または法令もしくは定款に違反する重大な事実』があると信じるに足る証拠を握っている可能性が高いということになります。帳簿閲覧されたけれど、なにも問題はないというお話でしたよね？」

「はい。中川先生がそう断言してくださいました」

中川税理士が、こんどは大きくうなずいた。

「そうでしたよね。私も中川先生にうかがいました。しかし、ねえ」

前原弁護士は言葉を濁した。目の前にいる梶田健助が不正行為をしていると決めつけることは、さすがにはばかられたのだ。といって、前原弁護士にしてみても、知り合いの中川税理士から株主総会のことなのでよろしく、と頼まれただけの関係にすぎなかったから、梶田健助という人物をどこまで信用してよいのか、皆目見当がつかなくもあったのだ。

弁護士にはそうした依頼が舞い込むことが時としてある。気をつけていないと悪事を働いた人間が弁護士の名前だけを借りて悪用しようと狙ってくることもあるのだ。今回は間に知り合いで、それなりの評判をとっている税理士が入っていたからまさかとは思ってみても、前原弁護士にしてみれば、

〈大木先生の事務所が引き受けている以上、きっと何か根拠がある。自信を持っているに違いない。だから、こちらもその前提で事に当たらないと、思わぬケガをすることになりかねない。中川税理士が問題ないと言ったとしても、それは税務上の、それも実務的なことにすぎない。税理士さんなのだ、弁護士とは専門分野が違う。税務上は通っても、法的な分析が十分とは限らない〉

そう思わないではいられない。もちろん、中川税理士が目の前にいるから、そんなことを露骨に口にしたりはしない。

「梶田さん、私も弁護士ですから一応お話をうかがわないわけにはいきませんので、こんな失礼なことをお訊きするのをお許しください」

やわらかい声でそう前置きをしてから、

「なにかそう思われてしまうような、誤解であってもですね、相手にそういう風に思われてしまいかねないようなことって、心当たりがありますか？」

と問いかけた。

「え？」

一瞬、梶田健助は意味がわからなかった。自分の弁護士に、まるでお巡りさんに尋問される

ような目に遭わされるとは考えもしなかったのだ。

前原弁護士の質問が自分に不正なことがあるかという趣旨なのだと理解すると、

「いいえ」

と、できるだけ穏やかに答えた。それが紳士としての、この種の無礼な質問に対する回答の仕方だと思ったのだ。少しも思い当たらないということを強調するには、答えは単純なほうがいい。

「そうですか。いや、そうでしょう、そうでしょうね」

前原弁護士は簡単に答えると、少し間を置いてから、

「先ほど、最近、会計帳簿の閲覧をされたというお話がありましたね。そのときには相手は何を見ていったのですか？」

とたずねた。

「ああ、なにか経費の明細とか言ってました。私はよくわからないのですが、中川先生がおわかりです。中川先生のお手伝いをしている経理の人間に聞いてみましょう。後でご報告します」

「なんでもありませんよ」

中川税理士が口を添える。

そう2人に言われて、前原弁護士は一応の納得がいったのか株主総会の説明に移った。

前原弁護士は、以前には大手の法律事務所にいて株主総会関連の仕事をたくさんこなしていたとのことで、株主総会の実務に詳しかった。議事の進行の仕方から机の並べ方まで、実際の

現場で必要になりそうなことを一切合切、こまごまと丁寧に教えてくれた。

最後に、

「向島運輸の株式の51％を持っている3つの会社、どこも梶田さんが社長をされている会社です。その3つの会社の株はどなたが持っているのですか？」

と訊かれた。

「家内と私です。ま、子どももいますが」

とありのままに答えると、前原弁護士は、

「そうですか。奥様と。それなら安心ですよね」

と言った。

帰り際に弁護士報酬についてたずねたら、株主総会のこともありますし後で、と言葉を濁した。


向島運輸株式会社の株主総会は、いつもと違って取締役が集まる会議室ではなく、その隣の大きな会議室に設営された。事前にも当日にも前原弁護士が会社まで来てくれて、細かい点まででいちいち点検してくれた。事前にリハーサルまでやったから、梶田健助は自信を持って当日に臨むことができるような気がした。

〈大船に乗った気分だな〉

梶田は声に出さないで自分に言い聞かせた。微笑みが浮かんだ。

前原弁護士には議長の梶田の後ろにいてもらうことにしていた。当日の出席の話になったとき、梶田健助は、こいつは金がかさむな、と感じた。前原弁護士が金額について言葉を濁していた理由がやっとわかった気がしたのだ。どれほど世話になるか、なにひとつ理解していない依頼者と報酬の話をしても埒《らち》が明かない。前原弁護士はそこを15年の経験で知っているのだ。

梶田健助は、これまで不動産の取引でトラブルがあってもすべて税理士に頼って解決してきた。訴訟を自分から仕掛けることなど考えたこともなかったし、訴えるといわれたときにも中川税理士に頼んで円満に処理してもらっていた。

梶田健助にしてみれば、今回初めて弁護士に頼んでみて、案外弁護士も親切に対応してくれることに軽い驚きを感じたほどだった。弁護士といえばいかめしいのはもちろん、いかにも尊大な態度の白髪交じりの男に違いないという思い込みがあったのだ。

会議室に机が並べられている。前席が1列、その後ろに小さな机だけが並べられてあってその他の席5列はすべて前に向かっている。いわゆるスクール形式だった。

梶田健助が議長として先生の列の真ん中に座った。定款で社長が議長になることに決まっているのだ。左右に取締役の肩書きがついた妻と部下の取締役がそれぞれ2人ずつ座っている。社長の席の向かい側の3列目には三津田沙織が座って総会の開始を待っていた。議長席との間に2列が空き、後ろにも2列が空いている。取締役と従業員の中にも株主の者はいるが、株主としての出席者は三津田沙織のほかにいない。

梶田健助の後ろには総務課長と経理課長それにその部下が2人、前原弁護士とその隣に座った監査役の中川税理士とともに、小さな机を前に控えていた。

三津田沙織はグレーと黒の小さな四角を不規則に組み合わせた上品な柄のスーツに身を包み、控えめな化粧ながらも唇だけは別といった趣の明るい色のルージュを引いていた。株主総会のためだった。灰色の細長い事務テーブルの後ろに置かれた折りたたみ椅子の上に89歳の小柄な体をそっと軽く乗せ、まっすぐに正面の梶田健助を見つめている。

夫が未だ健在であったころ、三津田沙織はわけがわからないながらも、その隣にいた。あのころはロの字形の席の配置だった。夫が死んで37年。昔はそういう人がいたと知ってはいても、当時の沙織の姿を覚えている者は、梶田健助とその妻の紫乃を除けば、もう一人もいない。ただそうした連中も、三津田という姓を聞いて創業者を思い出し、きっとその妻だった女性なのだろうと半ば好奇の眼差しを向けていた。

沙織は、社長の梶田健助の隣に妻の紫乃が座っていることにすぐに気がついた。ああ、そうなのか、この会社で社長夫人に収まっているのは今は梶田紫乃なのだと思うと、我が身に引き比べての感慨があった。

夫が創った会社なのに、誰も私のことを知らない。取締役という肩書きが印刷された大きな短冊形の白い紙が梶田紫乃の席の前に垂らされている。梶田紫乃はこの会場にいるべき場所のある人間だった。

それに引き比べて自分は、と三津田沙織は思った。落魄《らくはく》という二字が頭に浮かんだ。慌てて持参したA４の紙３枚のメモを机の上に広げ、黙って読み始めた。桃井弁護士がつくってくれたものだ。もう何度も読み、桃井弁護士と何回もリハーサルを重ねてあった。Q&Aもすっかり暗誦していた。

沙織はもう一度視線を、前に座っている梶田紫乃に移した。紫乃のことは結婚する前からよく知っていた。梶田紫乃のほうは遠くの壁を睨むように見つめ、決して沙織とは視線を合わせようとしない。

公開議場での秘密暴露

桃井弁護士が教えてくれたとおりの台詞で梶田健助社長が株主総会の開会を宣言し、桃井の言ったとおりの順番で進んでいった。

話が取締役解任の議題のところへ来たとき、沙織は小学校の児童のように勢いよく挙手して口を開いた。

「はーい!」

89歳とは思えない、自分でもびっくりするくらいハリのある声だった。梶田健助が指名して発言をうながす。

「提案の理由は前もって提出したとおりです。読み上げましょうか?」

緊張のためか、少し声が震えた。

「いいえ、わかっていますから結構です」

梶田健助が遠慮がちに応答する。

「じゃあ、一番目の理由から。ちょっと中身を追加しますからね」

手元の紙を見ながら、沙織がもう一度声を張り上げた。

「ゴルフの費用のこと。社長の梶田健助さん。あなた去年の12月24日、茨城県の日の出カントリークラブへ行ってますね。その費用のことをおたずねします」

「そんなこと、この株主総会と何の関係もないでしょう？」

「いいえ、大ありですよ。あなたの取締役解任がこの株主総会の議題なのです。私の提出した解任の議題に理由があるかどうか、あなたにお答えいただかなくてはなりません。その賛否のためには、あなたが会社の金を私的目的に使っていないか、公私混同がないかどうかがとても重要です。私は、あなたに公私混同があるから解任を提案したのです」

「そのことはもう招集通知にも載せてありますし、いいでしょう」

梶田健助が遮ろうとする。

「いいえ、そこにはごく抽象的にしか書いてありません。私の申し上げますことは、あなたにとって不愉快な事実かもしれません。でも、あなたは向島運輸株式会社という法人の取締役、それも代表取締役社長という立場にある。個人的なこと、プライバシーの問題、名誉にかかわるといったことでいい加減に済ますことは許されません」

梶田健助は黙ってしまった。

不意打ちだった。こんな可能性については前原弁護士も中川税理士も一言も言ってくれなかった。たった今、沙織が目の前で老女とも思えないハリのある声で言った詳細な事実について何の助言も受けていなかったのだ。

取締役席で一番梶田に近い場所に座っていた妻の梶田紫乃が、さきほどとは打って変わって、三津田沙織の言うことを一言も聞き漏らすまいと熱心に沙織を凝視していた。

「そのゴルフ、あなた、中野光江という女性といっしょだったでしょう。あなたの愛人。それなのに、会社の経費で落としている。それだけじゃない。その女性の経営する銀座のクラブに週に2回行って、1回につき約5万円を会社の経費で支払っていますね」

梶田が答える前に、紫乃が首を横に回して梶田の顔を見つめた。

梶田が答える間もなく、紫乃が、

「え？　そういうこと？　本当なの？　三津田さんのおっしゃるとおりなの？」

「梶田紫乃専務取締役、未だ株主の質問中。黙っていなさい」

沙織が制した。自分でもびっくりするくらい、ピシャリとした声だった。沙織はわくわくしてきた。こんな気分は何十年ぶりだろう。

「梶田健助さん。あなたにはその中野光江という女性との間に子どもがありますね。いま8歳の女の子。中野万喜絵という名前の子」

紫乃は梶田の顔を見つめたままだった。なんの表情も顔には現れていない。その場にいるのは、梶田健助と三津田沙織、前原弁護士それに中川税理士を除けば、全員が向島運輸の取締役か従業員なのだ。梶田紫乃専務取締役にとってはどれも部下になる。

〈私がこの場で取り乱すことは会社のためにも許されない。もし取り乱したら自分で自分の顔に泥を塗ることになってしまう。私はそんなみっともない女なんかじゃない〉

その必死の思いが紫乃を支えていた。

梶田健助は、かろうじて、

「株主総会は終わり」

とだけ言って唐突に立ち上がると、そそくさとその場から退出してしまった。

三津田沙織が、梶田健助の後ろ姿に、

「会社っていうのは社外取締役を入れないとダメなの！」

と鋭利なナイフのような声を投げかけた。桃田弁護士が教えてくれた台詞だった。

梶田健助は一瞬その場に立ち止まったが、なにも耳に入らなかったかのように後ろを振り返ることもなく、そのまま急ぎ足で出口の扉から出ていってしまった。

前原弁護士がドアのところまで駆け寄ると、ドアから首を出して外の廊下を見やって、「梶田さん、梶田さん」と抑制した声をかける。しかし梶田健助はその声にも振り返らず、小走りに逃げ去ってしまった。

梶田健助が退場すると発言する者もなく、三津田沙織と前原弁護士だけを残して全員が部屋から出ていった。なにがなんだかわからないまま、株主総会は終わってしまったのだ。

梶田健助は株主総会を途中で放り出すと、使い慣れた社長室に入り内側から錠ををかけた。

打ちひしがれていた。あれ以上、あの場にいて議長役を務めることなどできなかった。だから逃げ出したのだ。敵前逃亡だった。わかっていた。そのあげく、独り自分の部屋に閉じこもったのだ。

机を前にしていると、涙がひとりでに流れ出てくる。右のこぶしで拭う。子どものころに似たことがあった。なぜかわけもなく悔しかった。つぎからつぎに両の目から勝手にあふれ出してくる。椅子に座っていたからズボンの上にぽたぽたと音を立てながら落ちて円い染みをいくつもつくった。

〈俺は、こそこそと逃げ出さなくてはならないような、なにか悪いことをしてきたのだろうか？〉

みずから問いかけてみて、

〈していない〉

と、いつもの結論になる。なんども自問自答したことだった。

〈光江とのゴルフを会社につけたのが悪いってか？　ふん。会社の奴らは知らないが、光江は会社のアドバイザーなのだ。金も払い、アドバイスも受けている。うちだけがアドバイスしてもらっているってわけでもない。あいつは他からも稼いでいる。それだけの能力のある女だ。客観的に証明されていることだ。中川先生も認めた支払いだ。そういうコンサルタントがウチのために時間を使ってくれている。だから報酬を支払う契約をしている。報酬は他の会社と同じ水準だ。あいつがそう言っていた。あいつが得意先への酒の飲ませ方を教えてくれて、どれほどウチが儲かったことか。ウチは建物を貸してなんぼの商売だ。大きな会社でウチのようなところを担当している人間は小さな役得が楽しみなのだ。酒かゴルフ。ゴルフならあいつに聞くことなんか何もない。俺がよくわかっている。酒、それも夕飯に誘うときの場所の選択、酒の選択。シャンパン、赤白のワインでもブルゴーニュなのかボルドーなのか、それともカリフォルニアか。日本人が作ったやつもある。日本酒、焼酎なら？ 季節ごとの肴。それを楽しみにしている店子、つまり賃借人側の担当者が何人もいる。おかげで家賃の値上げはスムーズに進む。もちろん上がった家賃とそれまでの家賃の額に大きな違いのないことは大前提だ。そうでなければ大家と酒などともにできない。家賃の値上げを大家に言われたとおり承諾するかどうか、どのくらいがちょうどいい金額かなど、組織のなかでは下のほうにいる人間に事実上任されているものだ。そんな立場の人間は会社への忠誠心はあっても何かのついでに、ほんの少し得をしたいと願っている。どれ程の金を意味するか、彼らもよくわかっているのだ。ウチ程度のビルを借りることがメインの仕事だという会社などない。

金は理由なしに渡すことはできない。お世話になったから一献傾けさせてほしいと言われて、断ればかえって角が立つ。懇親ならおごってもらう正当な理由になろうというものだ。俺もバカじゃない。1回目は契約の更新が終わった後にやる。2回目からは相手の担当者が期待する。まったく、役得ってのはよくできた言葉だ。アルコールは人の感覚を緩く、大きくするものだ。珍しい酒、高いワインと言われて飲めば、次からは隠微な共犯者だ。うちにしてみれば毎月の家賃が1％上がれば利益は20％増える。いやもっとかもしれない。上げてもらった家賃、下げないままにしてくれた家賃は、丸々儲けといってもいい。経費は少しも増えないのに家賃だけが上がる。

中川先生にそう説明したら、うーんとうなって、「ま、ほどほどならいいでしょう」と言ってくれた。税務署も通してくれた。先生にしたって、光江と俺とが深い関係とは想像もしなかったってわけでもあるまい。もっとも、今日は素知らぬ顔をしていたが。

光江にはこれからも大いに働いてもらうつもりだった。会社のためになるのだ。

それがおかしい？　数字は嘘をつかない。確かにあいつは会社が払うぶん以上に儲けさせてくれたのだ。

アドバイザーとゴルフをすれば会社が払うってのは当たり前じゃないのか？

社長と深い仲の女では、会社の得になることでもダメだっていうのか？

ウチは上場会社じゃない。

やっぱり俺は悪くない。

じゃあ、どうして俺はこそ泥みたいに逃げたんだ？

そうだ、俺は弁解するのが面倒くさくなったんだ。嘘を積み重ねるのがなんともわずらわしくて堪らなくなったんだ。

嘘？　誰への？　会社？　会社って誰だ？　紫乃か？　結局そこへいくのか？

嘘じゃない。俺は真っ当なことを言っている。しかし、世間の連中には嘘としか聞こえない。だから、なにを言ってみても無駄なのだ。紫乃に、「実はあの女とは男女の関係があるけど、でも会社を儲けさせてくれるいいコンサルなんだ、だから接待する」なんて言えるわけがない。だから、嘘をつく。紫乃のためでもある。

あげく、俺はいつもびくびくしながら行動しなきゃならなくなる。

そいつが嫌になったんだ。

それだけのことだ。そこに到達するのにこれだけの時間がかかった〉

梶田健助は立ち上がるとティッシュペーパーを2、3枚摘み上げてズボンを拭いた。前の部分が濡れているからなんとも恰好が悪い。誰も涙などと思いはしないだろう。机を大きく回りこんで、左側にあるソファに倒れるように横になると仰向けになって天井を眺めた。自分の部屋なのに、これまで天井などしみじみと見たことなどありはしない。

〈紫乃からしてみれば、なんとも耐えられないことだろうな。許せない、ってところだろう。わかる。わかる。だから俺はこれまで隠していた。隠し通してきた。

株主かなにか知らないが、どうして赤の他人にこんなことを暴かれなくてはならないのか。それも公開の場で。女房が嫉妬に狂って口走るのならともかく、会社の株主って、いったいなんなんだ。

あの場には紫乃がいた。だから、もう止めだ止めだ、っていう気になった。

紫乃からすれば最悪の事態だろうな。叔母に、夫に騙されているバカな妻だということを突き付けられて、実は自分たち夫婦はとっくに破綻していることを暴露されてしまった。それなのにその場で取り乱すわけにもいかない立場に縛り付けられていて。まるで、片方の頬を動かないように壁に押し付けられて、もう片方の頬を殴られているようなものだ。それも拳骨で、思いっきり。済まないことだった。こんなことになるとは思いもしなかったんだ。悪気はなかったんだ〉

そこまで考えてきて、健助は上半身だけ起き上がるとその場で座りこんだ。背もたれに首ごともたれかかって目をつぶる。

〈我ながらバカなことを言っているな。もうお終いだ。なにもかも。やっと、だ。俺は会社のためにと思って働いてきた。だが、もうそれも止めだ。自分で自分の首切りだ。カジタケンスケ、お前は社長の任に堪えない。よってクビ。即刻荷物をまとめて出ていけ。はいはい、そういたします、ってとこだな。この部屋も今日が見納めってわけだ〉

大きな溜息をつく。また横になって仰向けになる。そのままの姿勢で、器用に両足を動かして靴を片方ずつ宙に放り出すように脱いだ。両方の靴を脱ぎ終わると、次に右足の親指を左足の靴下のゴムの部分に差し込んでそのまま右脚を伸ばして靴下を脱ぐ。左足でも同じことをする。両足が剝き出しになった。

両足の裏を空中で2、3回叩き合わせてみる。

〈『やれ打つな蠅が手をすり足をする』の図だな。俺は200年前に一茶の目の前を飛びまわっていた蠅の生まれかわりってことか〉

笑いがこみ上げてくる。鼻先と唇だけで自分を笑ってみる。

〈さてさて。退任する社長さんがなにをしておいてくれないと会社は困るかな？　鍵の類は、机の上に置いておきさえすれば全部総務課長がわかる。ハンコは、手元にはいくつもありゃしない。第一、いずれにしても直ぐに切り替えるだろう。店子との契約は業務課で扱っているから、誰が社長でもとどこおったりしない。不動産の管理なのだ。仕事なぞ大したものはありゃしない。個人で不動産をたくさん持っているのと何ら変わらない。税金対策のために株式会社という形を利用しているだけなんだから〉

梶田健助は伸びをした。それから大きな忘れ物をしていたことに気づいた。

社長の離婚

〈あ、こりゃ離婚になるな〉

梶田健助は、ソファに仰向けになったまま大事な忘れ物をしていたことに気づいた。

〈俺はなにも要らない。紫乃が好きにしたらいい。俺の財産なら、なにもかも全部あいつが取ればいい。慰謝料はいくらでも払う。もっとも、おれ自身は金というものを持っていないから、払いようがないがな。弁護士さんのご登場ってことになるのかな。今回だけは中川先生に頼むってわけにもいかないか。会社の税理士さんだからな。あの先生が一番中身をわかっているんだがなあ。ここはやっぱり弁護士さんでないとダメか？　法律でバッサリ。それも明快でいいかもしれない。もっとも、紫乃にしてみたところで俺を警察に突き出せるわけでもあるまいし、弁護士も腕の振るいようがなくてがっかりだろうがな〉

ドアをノックする音がした。秘書だった。

横になったまま背広の上着からスマホを取り出すと自分の直通にかけた。電話に出た秘書に、君はなにも心配しないでいい、とだけ言った。

〈そういえば、ここには大事なものはなにも置いてない。

案外、自分でもいつかこんな日が来ると思ってたってことかな。

梶田健助、まったくとんでもない男だな〉

そろえた両脚で弾みをつけて起き上がると、ソファの上であぐらをかいた。

〈これで光江の家に行って、「もうここには来ないで」とでも言われたらどうなるのかな？

さしあたって今日はホテル泊まりか。明日は？　明後日は？〉

梶田健助は大声を上げて笑った。

「ははは。こいつはおかしいや。梶田健助、三界に家なし、か」

〈それでも、もし人生をやり直せるのなら、と思う。まだ63なのだ。

いや、未練だ。未練にすぎん。また同じことを繰り返すだけだ。俺はなぜかわからないが、きっとなにかに呪われているのだ。火を盗んだプロメテウスのように、神々の怒りを買ったシジフォスのように。そんなに立派なもんじゃないがな。

もう63歳、光江は44歳。

14年になる。俺が49歳、彼女が30歳だった。どちらも若かった。今じゃ信じられないほど若かった。

思い出す。子どもを作らないでいいというのが彼女の取り柄だった。何人かの女性と付き合ってきたが、その深さが一定の度合いを越すとどの女も子どもが欲しいという話になる。俺のほうは、いつも子どもを作らないように心がけていた。俺なりの義理合わせだ。だが相手の女にはそれとは無関係な願望がある。

あるとき光江にも同じ質問をした。潮時かと思ったのだ。だから、光江の、「そんなこと考えてもいなかった」という答えは意外だった。

「女に生まれたのにどうして?」と訊いたら、「私、子ども嫌いなの」ときた。そんな女もいるのかと思った。安心した。子どもが欲しいと言われれば、こちらが気を利かせて限られた関係にとどめるしかないだろうと、相手を思いやったつもりで一人合点していたのだ。

それでめでたしめでたしのはずが、4年経ったところで妊娠したと言われた。しれっとして、できちゃったみたい、と来た。

だが俺は腹が立たなかった。来るべきものがやっぱり来たのかという、サイコロを振って悪い目が出たときの、これ以上は悪くなりっこないという安心感みたいなのがあった。それに、男と女がすることをしてりゃ子どもができて当たり前だ。俺が油断していたってことだ。

騙されたとは思いもしなかった。できたから産みたいの、という光江に、不思議な気もしたが、女とはそういうものかと妙に納得してもいた。

本当は紫乃の手前、いやそんなことより俺たちの子どものために、外で子どもは作りたくなかった。子どもたちがどう思うか。怒るのならまだいいが、とてもがっかりするだろうなと思っていたのだ。

だから隠した。光江は別にそれで構わないようだった。それなりの理由はあった。紫乃とはセックスレスになって何年も経っていた。お互いに納得していた。俺が彼女以外の女性と関係していることはわかっていただろう。探偵でも使って探れば必ずわかる。しかし、賢明な女はそんなバカな真似はしない。世の中には知っても仕方のないことがある。紫乃はとても賢明な女だ。

とにかく、光江は子どもを産んだ。認知はしないと言ってあった。むごいことだと思ってはいたが、紫乃と子どもへの義理が勝った。

光江との子ども、万喜絵にしたって、いずれ大きくなる。大きくなれば父親のことをなんと思うか。親が勝手にできるものでもない。産んでほしくなかったなんて言うバカ娘に育っていれば、それこそ俺も自業自得ってことになる。万喜絵が20歳のときに俺は75歳だ。たぶん生きているだろう。俺は、遺言で認知するのかなと思ってきた。青年会議所の仲間のオヤジさんにそんなのがいたって聞いたことがあった。だから、本当に紫乃や子どもへの義理を果たしたことにはならない。自分が生きている間に厭な目に遭いたくないだけのことだ。そいつもわかっていた。人生、思うようにはならないものだ〉

ここまで考えたところで梶田は裸足のまま立ち上がった。手を伸ばして靴と靴下を集めて足元に置く。かがみこんでもういちど靴下を右足から履き始める。

〈こんなことになったが、これはこれで悪くない再出発だ。どうせ20年以内には死ぬだろう。

俺が光江より先に倒れたときのためにと中川先生に頼んで信託をつくっておいた。それが俺が会社から追い出されたときに役立つとは。

なにもかも承知の中川先生は、「信託を使うのが良さそうですね」と言ってくれた。俺は、信託と言われてもなにがなんだかわからなかったが、とにかくよろしくお願いします、といつもの調子で頼んだのだ。

金か。

三津田の叔父の望む結婚をしたのも、金がぶら下がっていたからかもしれないな。会社を継ぐ、紫乃といっしょになる、それが当然のことのように三津田の叔父はいつも言っていた。家を買ってやるとも言ってくれた。若かったからなにも考えなかった。2歳年上の紫乃の、色気をむんむんと発散させている肉体がすぐ横にあった。もう封が切られた女体。だから、なにも言われなくたって紫乃との関係は自然にできあがった。

紫乃は三津田の叔父に言い含められていたのだろうか。あの若造の身も心もからめとってやれ、って。

紫乃が会社の実質的なオーナーだってことは、いつ知ったのだったか。三津田の叔父がどうしてそんなことをしたのか。紫乃と叔父との関係について、俺はいつ知ったのだったか。

だが、俺にとって紫乃との関係は、性も、日常生活も、とても快適だった。結婚前も後も、陶然とした日々が、手で物に触れるように確かにあった。俺には、会社が誰のものかなんて気にもならなかった。紫乃がいて、俺と一体だと思っていたからな。いや、俺は2歳年上の紫乃の風下に立っている自分が、少しこそばゆくて嬉しかったのかもしれない。

三津田の叔父が死んだとき、俺は若かった。まだ未来は弁護士になるはずの身だった。

三津田の叔母に頼まれて父親が社長になって会社に入ってきた。俺は向島運輸なんて会社には何の関心もない風を装っていた。ただ、どうやら司法試験は怪しいな、どうせ父親は雇われ社長にすぎないし、俺はその跡を継ぎさえすれば安楽に暮らすことができる、惚れた年上の女と2人の間に生まれた子どもたちに囲まれて、地元の人に頼りにされながら、なんてぼんやりと予感していたのか。

だが、いつか三津田の叔母にスズメバチのように襲撃されると予期していたろうか？　株主だから、と？

まさか。

考えもしない落とし穴だった。株主総会か。

あるいは光江も二心があるのかもしれない。44歳だ。出逢ったときには30歳だった。男が49歳から63歳になるまで、妻でもない女が男に操を立て通すものだろうか。別に男がいても、できていても不思議はない。

だが、見えないものは存在していない。俺は見ない。見たくもない。

俺の体が動かなくなったら、運の尽きってことになるのかもな。光江が俺への復讐のために放った蛇が、ナメクジが、俺の体を這いまわることになるのか。誰も知らぬところでじわりじわりと殺されるのか。

結局のところ、人は人として生まれた以上、誰からも呆れられ恨まれ疎まれるしかないのだろう。なんという人生だろう。いや、人生とはなんという仕掛けの作り物なのだろう。もう一度己に問いかけてみよう。「俺は悪いことをしてきたのだろうか？」だが、俺が俺自身に問いかけたところで、答えは決まりきっている。

ノー、だ。

誰かに、世間の基準てやつで判断してもらわなくては。

俺は本当に悪いことをしてきたのかどうか。

弁護士さんにでもたずねてみるか。この世のルールは倫理までも弁護士の仕事だというのが最近の流行りのようだからな。

あの前原俊剛弁護士にできるだけありのままを告白し、判断してもらうとするか。

梶田健助の不祥事について、一人だけの第三者委員会ってとこだ。

黒となれば、それなりの覚悟をしろってことだ〉

社長の妻

「先生、私、沙織叔母さんに電話して、どうしてあんなことを知っていたのか聞きました。そしたら、先生の名前を教えてくれました。私が先生にお会いすることも承知してくれました」

梶田紫乃が、大木弁護士の事務所の会議室に座っていた。高野が座っていたのと同じ椅子だ。

向かい側には、大木弁護士と辻田弁護士が並んでいる。

「叔母が株主総会で言っていたこと、ぜんぶ本当だったんですね。先生はすべてご存知なんですよね。先生のところでお調べになったことですもの。先生のところの弁護士さん、凄いですね。資料、全部拝見しました。徹底的に会計帳簿とかが分析されていて、キチンと整理されている。感動ものでした」

株主総会が終わった翌日、梶田紫乃は大木弁護士に電話をしたのだ。

向島運輸の株主として相談がしたい、三津田沙織と同じ立場で話を聞いてほしいということだった。

「叔母に聞いた」という表現を梶田紫乃は使った。解任の株主提案にも、株主総会での三津田沙織の株主としての発言にも、自分は叔母に賛成だ。だから三津田沙織と同じ側に立って会社の立て直しをしたい。そのための第一歩が社長の追放だと思って、大木弁護士に会いたいのだと言った。離婚はとっくに決めていると、こともなげだった。

「私は会社大事で生きてきました。それが亡くなった創業者の三津田作次郎の遺志に一番沿うことだからです。私にとっては、私という人間を育ててくれた三津田作次郎が最も大事な方です。夫も同じ思いでいるんだと頭から思い込んでいました。すべて任せてきました。でもとんでもないことだったのです。夫には私の知らない別の生活があったのです。想像もしませんでした。すべて信じていたから社長を任せていたのに」

そこには、会社のオーナーは自分で、夫の梶田健助は雇われ人にすぎないというニュアンスがあからさまにあった。

「先生、私ももう65歳です。夫に女がいたからって、そんなことくらいでびっくりしません。初めてでもありませんし。そりゃ、最初のときは大変でした。でも、夫が平謝りに謝って、それで終わり。大昔の話です。今度は違う。あの人には外に子どもがいるんですよ。それも8歳の女の子。私の子どもも8歳のときがありました。そのころのこと、よーく覚えています。昼間は会社で経理の仕事で目いっぱい働いて、夕方に飛ぶように家に帰って子どもの世話。夫はなにも手伝ってくれない」

「そうですか」

「そう。先生、男ってみんなそうなんでしょうか？」

大木弁護士は隣の辻田弁護士の顔を見ながら、

「そんなことはありませんよ。人によるでしょう」

とそ知らぬふりを決め込んだ。

辻田弁護士はなにか言わないわけにはいかなくなってしまった。

「申し訳ありません。存じません。私は子どもはいますが、夫というものを持ったことはありませんから。でも、夫にしたのはお互いに愛し合った結果ですよね、誰に強制されたわけでもないんでしょうから」

大木弁護士は穏やかな微笑を浮かべた。その微笑に安心したように、梶田紫乃が再び口を開いた。今度はずっと落ち着いた声だった。

「8歳だった私の娘にも今は子どもがいます。私の孫です。梶田健助の孫でもあります。ちょうど8歳です。女の子です。真代といいます。私は梶田が外に作ったという子ども、万喜絵っていう名でしたよね、その子が、どういうわけか私の子のような気がしてなりません。いえ、私の孫のような気がするんです。変でしょう、先生？」

こんどは大木にでもなく辻田にでもなく問いかけると、2人の答えを待たず、

「でも、私は夫を許せない。私を裏切ったからではありません。会社を裏切った男を許せないのです。創業者の三津田作次郎の思いのこもった会社の金を横領するなんて。せめて自分の金で遊んでほしかった」

「でも、梶田健助氏には会社の金を持ち出す以外に自分の金を作る方法はなかったのではないですか？」

辻田弁護士が冷静な調子でたずねると、紫乃はさしたる関心事でもないかのように、

「そうですね。そのとおりです。あの男には金を作る能力なんてなかった。変な話。じゃあ、先生、私が悪かったことになるのでしょうか？　亭主に浮気代をやらなかったから悪い妻？　でも、どこの世界に亭主に浮気代を渡してやる女房がいますか？」

「それはそう。そうですね」

辻田が口を開く前に、大木が引き取った。真剣な表情を崩さない。

「梶田紫乃さん、あなたは会社の株主としてご相談にお見えだ。だからお会いしました。もしあなたが会社の取締役専務さんのお立場なら、私どもがなにかお手伝いするというわけにはい

きません。向島運輸は私どもの依頼者である三津田沙織さんという株主の相手方ですからね。会社を、株主同士、誰からみてもフェアなものにするつもりだということでしたからお会いしました。あくまで、会社をフェアに経営するためです」

「安心してください。そんなことは心得ているつもりです。私は、株主として向島運輸から梶田健助社長をどうやって追い出したらいいのか、その後でどうやって立て直したらいいのかを、株主という立場で教えていただきたいだけです。オーナーだから好き勝手にするのではなく、会社をすべての関係者、ステークホルダーというのですか、その人たちにとってフェアな存在にしたいのです」

そう言ってから、悪戯っぽい目つきと声で、

「先生たちへのお支払いには会社のお金は使いません。株主である私の依頼ですから私個人のお金でお支払いします。ご安心ください」

と言い足した。

大木が、

「ところで、梶田健助氏の持株はどのくらいの割合なんですか？」

とたずねる。

「個人ではほとんどありません。私も同じことです。51％のほとんどは家族だけが株主の会社、向島不動産という名前の資産管理会社のものです。それがパート・ワン、パート・ツー、パート・スリーの3社あります。どれも夫が社長です。株主は3社とも私たち夫婦と子どもだけで

す」

「ほう、その3社の株の保有割合は？」

「私が33・7%、夫が17・3%。2人で51%です。それと子ども3人がみな平等で16・33%ずつです」

「で、お子さんたちはどちらの側につくとかあるんですか？」

辻田弁護士の質問に、答えるまでもないと言わんばかりに紫乃は、

「もちろん、全員私です」

とピシャリと跳ね返した。

「ほう。なんにしても一人でもお子さんがあなたにつけば、2人で過半数になるようになっているんですね。その3つの会社の社長を梶田健助氏からあなたに替えてしまえば、向島運輸はあなたの思うままになる」

大木弁護士が確認した。感に堪えないといった調子の声だった。梶田健助の立場が予想したよりもずっと脆弱なことがわかったからだった。社長といっても、乗っている舟は泥でできていたのだ。確かに、自分が本当のオーナーだと紫乃が思っているはずだった。妻に頭が上がらない、うだつの上がらない亭主というだけの話ではなかったのだ。

「では、その3社の取締役会を開くことになりそうですね」

「取締役会？　そんなもの」

「法は法です」

辻田がきっぱりと言う。

「そうですか。でも先生、私はあの人を地獄へ落とす必要があります。そうでないと、私、あの世へ行って三津田作次郎に合わせる顔がありません」

大木の胸に「どうしてそこまで」という質問とともに「そもそも人間にとって地獄とはなにか。それはあの世にあるのか、この世にあるのか」という問いが浮かんだが、大木はそう口にする代わりに、

「地獄ねえ。まあ、この世のことですから、会社と縁がなくなるようにすることくらいはできるでしょうね。損害賠償も取れるかもしれない」

と笑いながら、

「でも、経営は大丈夫ですか。従業員の方や取引先がありますが」

「会社なら、あの人の代わりなどいくらでもいます。不動産を貸しているだけの小さな会社ですから、少しもののわかった人間なら誰でもいいのです。三津田作次郎が生前いつもそう言っていました」

紫乃はこともなげにそう言い放つと、

「でも、私にとってはたった一人の夫だったのですが」

ちらと寂しそうな声音になっていた。

やはり応えているのだ。当然だと大木弁護士は思った。26歳で結婚して40年近くになるのだ。感慨がないことはあり得ない。

〈それでも、この目の前の女性は会社のことばかり気にしている。会社か。法人、組織、人の集まり。そこに存在する、個人を超えた何か。それだけじゃない。どうしてなのか創業した個人への思いが溢れている。組織を創り上げた個人、か〉

大木の頭のなかで、いつもの疑問が持ち上がってきた。

組織と個人、だった。

大木の事務所の若い弁護士たちが大車輪で動き始めた。5人の弁護士が動員された。梶田紫乃も社外取締役を入れたいと言い出した。三津田沙織の願いでもあった。もともと大木弁護士が高野と話していたことだった。

同族会社、非上場会社こそ独立した社外取締役が要る。オーナーである経営者の力があまりに強すぎるのだ。経営者以外のステークホルダーの利益に配慮するためには、どうしてもオーナー経営者におもねらない取締役が必要だった。

だが、現実問題として簡単なことではない。

大木もそう思わないではなかった。上場会社ですら、まだまだ社外取締役など数合わせにすぎないと非難されている。社外取締役に適した人材が不足しているのが現実だった。

「私、これからは向島運輸も他人様が経営者になって経営してゆくのだと思います。一族が経営者になると甘えばかり。自分の会社でもないのに、自分個人だけが存在していると錯覚してしまう。他にも株主がいるなんて露ほども思わない。株主だけじゃありません。従業員もいます。取引先も大事です。それに、不動産賃貸といってもお客様が大事です。うちのように小さな会社は、お客様がなにを望んでいるかを敏感に察知しなくては生きていけない時代になりつつあります。私はオーナーとして、つまり会社を支配している株主として取締役に残りますが、経営に関与はしません。これまでと同じことです。

少しでも関われば言いたいことはいっぱい出てきてしまいます。すると、みんな私の言うことを聞くしかありません。でも、それでは会社のためになりません。私も私の人生がこの会社にしかないとは思っていません。ものは考えようかもしれません。こんな会社でも、それが自分の人生の写し鏡だと思えばそれなりにいとおしい。手放すなんて考えられない。私が一番思いを込めているし手もかけてます。一番力もあります。そんな自負があります。歳を取っても、会社を思う心では誰にも負けない。そんな自信みたいなものがあります。いえ、多分ありすぎるのです。

こんなちっぽけな会社ですけど、働いているみんなのそれぞれの人生が注ぎ込まれています。その人たちが自分の人生を実現できたと思える会社であってほしい。ですから、経営から独立した取締役にいてほしいのです。経営に当たるのは私の部下。だから、経営から独立した立場の人に取締役として監視していただきたいのです。私のことも、会社のことも、私以外の株主のことも、なにもかも考えてくれるような人に」

梶田紫乃はそこでいったん口を閉じると、大木弁護士と辻田弁護士の顔を交互に見比べるようにしてから、

「私、無理な望みだとはわかっているんです。でも、先生、そういう人を探してください。今度は失敗したくありません」

さびしそうに微笑んだ。

〈なにもかも持っている者ゆえの哀しさか。人間は贅沢なものだ。欲には限りがない〉

大木の心のなかで、梶田紫乃に対する微妙な、アンビヴァレントな思いが交錯する。

依頼者としての梶田紫乃個人に対する弁護士としての忠実義務はもとより当然の前提だった。紫乃の個人としての思い、惑いはよくわかる。だが、梶田健助のやったことも、人間のしたことなのだ、彼なりのなにかの理屈があるに違いない。もとより、それは大木の知ったことではない。だが、その観点を失えば、依頼者は全体像を見失ってしまう。それは依頼者にとって大きな不利益になりかねない。

なんにしても、いったい梶田という男はどうしてあの株主総会の場から逃げ出してしまったのか。なにが隠れているのか。

合理的に理解できない現象の背後には、自分の知らない事実が隠れている。大木はいつもそう思って仕事をしてきた。では、今回の隠れたファクトは何なのか？

梶田紫乃は向島運輸という会社を所有している。会社には物がくっついているだけではなく、人がたくさんつながっている。取引先も従業員もビルや駐車場のある地域も。それに少数株主がいる。少数株主には個人もいれば会社もある。無限の鎖のつながり。向島のある墨田区には27万人の人間が住んでいるのだ。東京都ならば１４００万人近い。日本全体なら1億２７００

万。日本の外側には世界があって、75億人が生きている。漆黒《しっこく》の無限の宇宙空間に漂っている無数の鎖の束、千切れてしまった鎖の一つひとつ。大木はその光景を想像するたびに軽い眩暈《めまい》を感じるような気がするのだ。

梶田紫乃という個人。一人の限りある命を生きる、女性として生まれた人間。その人間は、向島運輸という会社、組織に生身の体全体を節足動物、たとえばセミの外骨格のような鎧に覆いつくされている。会社を支配している人間は、決して一個人にはなれない。一人の人間になって、「良い人」になることはできない。

それが人類の創り出した文明の精華である株式会社の避けられない性質なのだ。

〈社外取締役の候補は高野だな〉

大木は直感した。

三津田沙織に事務所に来てもらって、大木の口から梶田紫乃の話を伝えた。沙織は大木弁護士と辻田弁護士に向かって、

「そうしてください」一呼吸あって「先生。あの人は結婚する前に私の夫と関係があった女性。だから紫乃っていう女性、最初の結婚がうまくいかなかったのです。離婚したら直ぐに三津田作次郎のところに舞い戻ってきて、こんどは三津田の部下になったばかりの年下の梶田健助とくっついた。ご存知でしょう。因果は巡るってことのようですね。昔風の小説みたい。甥にしてみれば、三津田作次郎の影をいつも感じていたのでしょうね。だから中野光江さんに走ったのかどうかは、私にはわかりません。たぶん、違う。甥のは、血。おじいさんがそういう人だ

ったって聞いたことがあります。根っからの女好きだったそうですから」

「男と女のことは他人にはわからないものです」

大木はそう言うと、隣の辻田弁護士の顔をそっと覗き見た。優しい、しかし戸惑いを隠し切れない顔だった。

梶田健助の隠し財産

辻田弁護士が大木弁護士の部屋に来て、ご報告がありますと言った。

大木は事務所の弁護士と話をするときに、2つの部屋を使い分ける。自分の机、PCやプリンター、贈り物の大理石の文鎮やバカラの置時計、それに6人は座れるテーブルのある自分のオフィスと、その隣に設えられた大木用の会議室と。4人までのときには自分のオフィス。それ以上になると会議室だ。自分のオフィスのテーブルは、いつも半分が購入されたばかりの大量の本に占拠されているのだ。6人は座れない。

会議室は自分のオフィスと同じ広さで隣にある。10人がけの大きなテーブルとPCに大きなモニターが2つ、それに電子式のホワイト・ボードがある。小さな予備のテーブルが2つ置かれているから、必要があればもっと入る。

この会議室に座っていると大木は昔を思い出す。大木が若く、未だ30代の初めで体中に野心がはぜかえっていたころ、2年だけで検事稼業を辞めて雇われ弁護士となった直後のころ。大木は日系アメリカ人の弁護士の面接を受け、採用されたのだった。

それから6年間、大木はユダヤ系や日系のアメリカ人弁護士の下で働いた。ユダヤ系のグーゲルシュタイン弁護士は自分の部屋の隣に会議室を持っていた。大木の採用を決めてくれた日系のスコット・大内弁護士は、別に会議室を設けることをせず、その広さも合わせた巨大なオフィスを専有していた。黒革の握りのついた扉を開けると、はるかかなたにスコット・大内弁護士の姿が見えるのだ。皇居を見おろす丸の内の超一等地に、それはなんとも不釣り合いでいながら、いかにも似合った光景だった。

大木は意識して2人のうちグーゲルシュタイン弁護士の真似をして会議室を隣に設けたわけではない。頻繁に多人数の弁護士たちと会議をする必要があって、会議中に電話が固定電話にかかってくるたびにいちいち秘書に呼ばれた。電話を会議室に回してもらっても話の中身によってはそこで電話を使うこともできず、といってそのたびに自分の部屋に戻ることはわずらわしい。往復するだけで数分はかかる距離なのだ。それで自分のオフィスの隣にそうした多人数用の会議室があると便利だと思い、空いていた隣の部屋をそれに充てた。それだけのことだった。

辻田は独りで大木のオフィスに入ってきた。薄い書類の束を胸に抱えている。

大木は立ち上がると机の前に置かれたテーブルに座るように促した。

「先生、梶田健助氏、なかなかですよ」

「なかなか？」

「ええ、信託を駆使して、10億ほどを会社とは別に自分用に取り分けていました」

「自分と彼女と、それに2人の間の8歳の娘の未来のために？」

「そういうことでしょうね。1回当たり1000万円未満だから社内ルール上取締役会決議は要りません。でも、1000万を100回やれば10億です。信託とは敵も考えましたね」

「敵？　ああ、そうか、敵か」

「敵ですよ。いやですね、先生。私たちの依頼者は梶田健助氏を地獄に落としたいと言っています」

「地獄ねえ。そう言ってるからって、本心からそう願っているとは限らない。公私混同は梶田紫乃さんにもあるかもしれない。夫である梶田健助氏といっしょになって、自宅を会社に持たせていなかっただろうか？　夫だけを追放する。仮にそう願っているとしても、それを実現することが依頼者の真の利益になるとは限らない。株主としての利益は、個人としての感情とは違うところにあることも多い」

「でも、信託に付されている財産の源はすべて向島運輸です」

「ふーん、代表者の背任ってことか。株主がとっくに了承しているってことは？」

「あり得ないでしょう。だって、つい最近のあの株主総会のやり取り以前には梶田紫乃氏はなにも知らなかったのですから。中野光江という女性の存在も、8歳の娘の存在も」

「そうだったね。で、信託の受益者は？」

「受益者は向島運輸です」

「やっぱりね。かつ、信託契約は解約できない、ってことになっていて、その受託者は梶田健助氏が選んだどこかの国の弁護士さんか公認会計士さんになっているってとこかな。受託者が受益者のためにという口実で、実質は梶田氏と中野さんたちの利益にする仕組みか」

「要するに、そういうことです」

辻田弁護士は言葉少なに応えた。大木とのやり取りはいつもそうなのだ。結論をまず話し、その後の大木からの質問に応じて初めて必要なことを補足する。必ずといってよいほど大木弁護士は質問をしてくる。長い説明のための答えはその段階になって初めて始まるのだ。辻田はもう30年もそうやって大木弁護士といっしょに働いてきた。30年間の月日が流れていた。25歳で大木の事務所に入った辻田弁護士はもう55歳になっている。まだ赤ん坊だった辻田の娘が、辻田がロサンゼルスへ出張したときに熱を出したことがあった。その赤ん坊がもう弁護士になっている。辻田弁護士はいつも大木弁護士の横にいた。仕事が遅くなったときにはオフィスに幼い娘を連れてきたこともある。大木の部屋のソファで娘はスヤスヤと眠った。

「とにかく、急いで依頼者にご報告しなくては」

「はい。その際には、信託財産の一つである青山パークタワーに中野光江母子が住んでいることも申し上げることになります」

「もう株主総会で出てたんじゃなかったっけ。いずれにしても僕はびっくりしないよ。梶田健助は良くも悪くも男だからな」

「男だから？　個人として収入があり、会社の大きな財産を自由に処分できる立場にあった人間でした。でも、たまたま男だっただけです」

「いいや、男だからさ。男は特定の女に誉めてもらうために奮闘努力の人生を生きる。家は人生で最大の獲物だ。青山パークタワーってのは、勝者のトロフィーにふさわしい立派なマンションなんだろう。おっと、これはセンチメンタルな老いぼれのたわごとだな。たまたま男である弁護士の不穏当な独り言ってとこか」

辻田は微笑するだけで、この大木の問いらしきものには答えなかった。

「とにかく、資産のある会社、老齢になり始めたオーナー夫妻、その離婚、夫の側の不貞行為、夫の隠し子、密かに、しかし公式に作られたらしい信託財産、会社の未来、会社のさまざまなステークホルダー。なんとも素晴らしい事件だね。信託を壊すことになるな」

「はい」

「素晴らしいというのは、弁護士として腕の振るい甲斐があるという意味だ。でもそれだけじゃない。収入と若い弁護士の仕事につながる。仕事が、ふつうのできあがったビジネスの書類づくりと違って、この件なぞは一段と興味深い。組織の大きな財産が個人の要素を交えている。組織といっても、サラリーマンの巨大集団とは違った、人間の匂いがする小さな組織だ。それでも組織は組織だ。株式会社という名がついている。個人と組織。そいつが人間社会の立体的な展開を見せてくれる」

「そのうえに、確実に海外の子会社、資産逃避、国際税務問題につながっていきます。パナマ文書でタックス・ヘイブンがどれほど現代の金融の核心につながっているかが白日のもとにさらされました。次はパラダイス文書。日本法と外国法が交錯します」

「ああ。私は嬉しいね。若い弁護士たちがそうした仕事に取り組めるようになることに一臂《いっぴ》の力を仮《か》せる。彼らの人生を彼ら自身がどういう風に切り開き、形作り、花開かせるか。事務所を立ち上げ、継続してきた甲斐があったといってもいいものだ。なんといっても組織と個人だ。私の一生をかけた探求の目標だ」

「先生、一臂ではありません。万臂です。私も若い弁護士として先生の事務所に入りました。30年前のこと。何も変わっていないような気がしています」

「危ない、危ない」

「え？」

「この事務所はエデンの園ではない。エデンの園でなくなるように、僕は毎日毎日知恵のリンゴを食べてきた。とても美味しい。いつか食傷してしまうのかな」

「未だ。先のこと」

「優しいね。tender な言葉だね、ありがとう。sweet と言うべきなのかな、too sweet と。Old soldiers will never die, they just fade away.」

「マッカーサーですね。でも、彼はアメリカ陸軍という既成の巨大な組織の人。先生は個人。小さくとも組織を創り上げた個人です。比べられません」

「大海原の波に打たれ、沈みそうになったり浮き上がったり。西も東もそれぞれの苦労だね。ま、どうか今後ともよろしく。で、今週なら、いつ依頼者とお会いできるかな？」

最後は事務的なスケジュールの打ち合わせになっていた。

「梶田さん、これが39年間あなたの夫だった人間の裏の姿です」

辻田弁護士が全体像のわかるA4の紙3枚のメモの頁を繰りながら、梶田紫乃に説明をしていた。大木は黙って辻田の横に座っている。

「信託はケイマンのチャリタブル・トラストを使っています」

「チャリタブル？　なにかチャリティ、慈善事業と関係あるんですか？」

「いいえ、単に名義人を作るだけです」

「ケイマン？　トラスト？　なんだかわからないことばかり。いったい、あの人はどんな人だったのかしら？　何もかもわかっていたつもりだったけど、今では遠い人。自分で自分のことがおかしくてなりません」

辻田は紫乃の最後の言葉には触れず、

「ケイマンはカリブ海の島の名前です。トラストは会社だと思ってもらえばいいです」

「そんなところにあの人は出かけていったのでしょうか？」

「いいえ、梶田健助氏のアドバイザーも行ったことなんかないと思いますよ。現に、この私もケイマンにチャリタブル・トラストをいくつも作りましたが、行ったことはありません。ケイマン諸島は海がきれいで、スキューバ・ダイビングにいいと依頼者から聞いたことはあります。海中の写真も見せていただきました」

「なんだかパナマ文書の世界みたいですね。ところで先生。あの人、会社に辞任届を出してきました。取締役の私宛です。家族だけが株主の3つの会社の社長の辞任届もいっしょです。お前の会社なんだからお前が勝手にしたらいい、という感じです。私、見捨てられたんですね。いいえ、ずっと以前から見捨てられていたんです。あの人には、自分が蒔いた種を刈り取ってもらいます。呪われた種ですから、あの人が自分の手を使って、茨や棘に刺されて手の指を傷つけ血を流しながら収穫しなくてはならないのです」

そこまで言うと、梶田紫乃は大きな溜息をついて、

「償いはなされなければなりません」

と低い声でつぶやいた。

辻田は梶田紫乃の口調にぞっとするものを感じた。涙を拭くのか、隣の椅子の上に置いた黒いプラダのハンドバッグからハンカチを取り出す。真っ白で女持ちには少し大ぶりの、西インド木綿と思しき最上質のハンカチだった。

「あ、それシーアイランド・コットンですか？　それのできるところ、その一画にケイマン諸島もあるんですよ」

梶田紫乃はぎょっとした顔をして、一瞬ハンカチを見つめ、慌てて、皺くちゃになってしまえとばかりに乱暴に丸めるとハンドバッグに戻してしまった。

「失礼しました」

辻田が謝ると紫乃は元に戻って、

「いいえ、先生。このコットン一つにもいろいろなことが絡みついています。これはアフリカ西海岸から西インド諸島にむりやり連れてこられた黒人たちが作らされてきたものです。今もその黒人たちの子孫が作っています。紅茶もお砂糖も同じこと。地主のイギリス人はグレート・ブリテン島、つまり本国に住んでいました。きっと先生の言われるケイマン諸島というところにも、そうした黒人の子孫がいることでしょう。サトウキビを作って、故郷から離れた土地で死んでしまった人たちの何百年も後の子どもたち、孫たち」

辻田は不思議な気がした。この梶田紫乃という女性はいったいどんな人なのか。

夫だった梶田健助を決して許さない、地獄に落としてやると言う一方で、奴隷だった黒人の悲しい人生の物語を話してみせる。しかし、その黒人を所有していたイギリス人たちが本国に住んでどれほど優雅な暮らしをしていたのかも心得ている。

〈きっと夫と中野光江の間の娘のことを考えているのだ。その子どもの父親を地獄に落としたいと言っている。人間てそんなものかしら？　私だったら？　でも私は弁護士。他人事として、ここに座って話を聞いている。他人事だから、なにが起きようとも冷静でいられる。それが私の役割、それが私の人生。でも、私も木や石でできているわけではない。人間。一人の人間。私の人生って、弁護士を除くとなんなのかしら？　大木先生は違う気がする。大木先生は、個人としても弁護士としても、それぞれに充実した人生を生きている方。家庭を大事にして、マンションの小さなテラスでの鉢植えを生涯の趣味としている不思議な人〉

高野、社外取締役に

高野が大木弁護士の目の前に座っていた。

以前、母親から株の買取りを頼まれたという話を切り出したときと同じ会議室、同じ椅子、同じ席だった。

「というわけで、高野、オマエに向島運輸の社外取締役になってほしいんだ。もちろん、オーナーの梶田紫乃さんの了解を得ている。というより、梶田紫乃さんのたっての希望なんだ。『ウチみたいな、上場もしていない、たかだか資産100億少しで従業員も10人程度の会社ではお嫌でしょうが、高野さんはウチみたいな同族会社に真っ当な興味をお持ちです。非上場会社にもコーポレートガバナンスが必要だと思っていらっしゃる。株主として金儲けをしてやろうというだけの方ではない。私はそういう方に社外取締役をお願いしたいんです。いわば、非上場の同族会社に社外取締役を導入する、その実験台第1号として当社を使っていただいては如何でしょうか。ご意向をうかがってください』とまあ、こういう次第なんだ。高野、俺は、オマエはやるべきだと思う。少数株主の三津田沙織さんも賛成だ。あの、オマエに電話してきたおばあちゃんだよ。こうなるのが、オマエが同族会社ガバナンス協会って社団法人を作った目的でもあり、必然の発展でもあるんじゃないか」

「この俺が？」

「そう。そのオマエが、だ」

「そうなのかもな」

「そうだ。ガバナンスは少数株主の保護だけではない。会社を改善して維持発展させること。それが会社のステークホルダーの利益につながる。社会のためになる。オマエの理論だ」

「そのとおりだ。だけど、火中の栗を拾うようなもんだな」

「それがやりたくて社団法人まで作ったんじゃないのか」

「それはどうだか」

「じゃ、いいじゃないか」

「そうだな」

「決まった。さっそく三津田沙織さんと梶田紫乃さんを喜ばせてあげなくっちゃ。できるだけ早く日を入れて、梶田紫乃さんに会ってもらおう。もっとも、会った途端に、梶田さんから『先生、私、あの手の顔、生理的に嫌いなんです』って言われてしまうかもしれないがな。はっ、はっ」

「おいおい、じゃあ会う前に俺の写真を梶田紫乃さんに見てもらっておいてくれよ。ウチの社団のホームページには俺の顔が出てるから、あらかじめ見ておいてくださいって言っといてくれ。ついでに、写真写りの悪い奴だけど実物はもっといいんだってな」

「まるでお見合いだな。69の男と65の女の間を取り持つのか。なんだかワクワクしてくるなあ」

大木がいつもの微笑みを見せた。高野は苦笑いしながら、

「バカ言え。仕事だよ、仕事」
「仕事は個人の暇つぶしと矛盾しない。特にオマエのようなヒマ人の場合はな」
「そうだな、そいつは確かにそうかもしれない。こいつは暇つぶしだったんだな。そうだったのか」

梶田健助は辞任届を出すと、自ら離婚を求めてきた。自分の持っている向島運輸にからむ株式はすべて、財産分与でも慰謝料でも名目はなんでもいい、紫乃にやるという。退職金も要らないということだった。

以後の交渉はすべて弁護士の前原俊剛氏に任せるともあった。

一刻も早く、向島運輸の株主総会を開いて、新しい代表者を決めなければならなかった。それだけではない。臨時株主総会の目的の一つは、社外取締役の選任だった。

一か月後、臨時株主総会が開かれ高野敬夫は向島運輸の社外取締役になった。

正確に言うと、社名をムコージマ・コーポレーションに変更する定款変更が直前に発効していたから、新しい社名であるムコージマ・コーポレーションの社外取締役になったということだった。

もう株主総会も取締役会の延長のような付け足しではなく、取締役会の開かれる会議室とは別の会議室に開催場所を移して行われた。事前に招集通知も送られた。

株主総会の直後の取締役会で、新たな社長にこれまで常務取締役として梶田健助を支えてきた月島勝則が就任した。32歳で取引先の信用金庫から派遣されてきたのが、梶田健助と紫乃の両方に気に入られて移籍してしまい、以来向島運輸の管理にあたっていたのだった。48歳という月島の年齢は、社名変更と同じように経営に世代交代があったことを内外に向けた明確なメッセージとして伝えた。同時に、オーナーである梶田紫乃が代表者ではない会長の座にすわり、後見役に退いたこともわかりやすい形で示してもいた。社外取締役を大事に思っていることを示すため、月島社長の次に高野の名が記載された挨拶状が用意された。紫乃の指示だった。

株主総会が終わってすぐ、もう梶田姓から大津姓に戻っていた大津紫乃の姿が大木の事務所にあった。梶田健助に関する処置のために訪れたのだ。

「ふん、株を財産分与にだって、冗談じゃない。あれはあの男が稼いだものなんかじゃありゃしない。すべて三津田作次郎が創り上げたもの。それなのに、あの男は信託とかいって、会社の財産を持ち逃げして、中野光江なる女性と8歳の娘とヌクヌクと。先生、私は絶対にあの男を許しませんからね」

辻田弁護士独りが目の前にいた。女性同士の心やすさからか大津紫乃は本音を隠さなかった。

「地獄に落としてやる」

何度もそう繰り返した。その度に感情が高ぶって自分でも抑えられないのが聞いているほうにも伝わってくる。

〈この憎しみの源はどこにあるのかしら？　嫉妬？　プライドを傷つけられた恨み？　未練？　結局はお金の問題？　つまり、信託で持っていかれた財産を取り返したいということ？〉

辻田は長期戦を覚悟していた。信託を作り上げたのは中川税理士だった。専門家が考えに考えて設定した信託なのだ。簡単に欠陥が見つかるはずもなかった。

しかし、信託は日本では馴染みが薄い。どこかに必ず弱点を見つけることができるはずだ。果たして裁判所にどう説明すればわかってもらえるのか。何人もの学者の鑑定人の奪い合いになる。辻田弁護士は過去の経験からそう予測していた。


社名を向島運輸からムコージマ・コーポレーションに変えたうえ社長も替わり、新たに高野敬夫を社外取締役に迎えて、ムコージマ・コーポレーションはすっかり気分が改まり、まるで別の会社になったようだった。

取締役会も毎月1回、欠かさずに開かれている。会長の大津紫乃は毎回出席する。新社長の月島勝則を隣に従え、テーブルの真向かいに座った社外取締役の高野敬夫と相対する。社長の報告、その後のオーナー会長と社外取締役の間のやり取りが取締役会の中心だった。他には、長い間こまごました不動産の保守管理の面倒をみてきた大滝光人が業務担当の取締役として、さらには中川税理士があいかわらず監査役として出席している。5人だけの小さなミーティングだった。

1時間半ほどの取締役会が終わると昼ご飯が供される。毎回、近くのうなぎ屋からとった特上のうな重が並ぶ。

そうした日々が平穏に過ぎてゆき新しい夏になったとき、先にうな重を食べ終わった大津紫乃が、湯飲みに二、三度口をつけると顔を上げて4人を見回し、取締役会のメンバーで暑気払いをやりましょうと元気な声をあげた。騒動が収まって再び静かな会社に戻り、業績も相変わらず順調な新生ムコージマ・コーポレーションにふさわしいセレモニーだった。誰もが歓迎の意を表した。

台東区の根岸に古くからある「香味屋」という西洋料理の店での暑気払いになった。

「この店、或る人との思い出があってとても懐かしいんです」

高野はそう言って、コースの初めにレタスサラダを頼んだ。妻の英子から食事の際には、いの一番に生野菜を食べるように、ただし人参やジャガイモ、それにかぼちゃは血糖値がすぐに上がるからダメだと言われているのだ。

高野がレタスをナイフで左から右に横に引くように切ると、隣に座っていた大津紫乃のため息が聞こえた。

「それ、高野さん、いつもそうされるんですか」

目を見開いている。

「ええ、カットしないとレタスは大きすぎて口に入らないでしょう」

「そうですね。でも、高野さん、ひょっとしてステーキもカツレツもみんな横にナイフを使われます？」

「別に決めているわけでもありませんが、そうなることが多いですかね。気にしたこともなかったのですが」

やり取りが終わっても、紫乃は高野のナイフさばきに熱心に見入っていた。

香味屋での宴が果て、皆が帰り支度を始めたとき、紫乃は高野にそっと近寄ると小声で、実は少し相談したいことがあるのでもう少し時間をくださいと頼んだ。

2台の黒塗りの車が、前後に並んで銀座にあるカウンターだけの小さな店に向かう。

「みなちゃん、おひさしぶり」

8階にある店の扉を押しながら、紫乃が扉の向こうから歩み寄ってきた女性と挨拶を交わした。高野が黙って扉近くで立ったままでいると、紫乃が高野を紹介した。

「こちら、ウチの社外取締役をお願いしている高野敬夫さん。といってもウチみたいなちっぽけな会社の社外をしてくださっているのは、高野さんが『同族会社ガバナンス協会』っていう社団法人の理事長さんだからなの。ウチは無理にお願いして実験台第1号にしていただいたの」

みなちゃんと呼ばれた女性は、小さな白い顔に細く長い眉を引いている。その眉をつり上げるようにして少し驚いた表情をつくりながら、

「まあ、この方がおばさまがいつもおっしゃっている守護神ていう方なのね」

と声をあげ、嬉しそうな顔でまっすぐに高野を見つめた。

「梶田の、いえ、大津のおばさまから、その社団法人のお話、いつもうかがっています。理事長さんがとっても、とってもダンディな男性だっていうことも。むかし大津のおばさまがお世話になった向島運輸の創業者の三津田作次郎という方に似ているって。雰囲気だけじゃなく声がそっくりなんだそうです。作次郎という方は、それはそれは好い男だったんだそうですよ。

優しくて、金離れが良くって、仕事熱心で。声が低いバリトンで、うっとりするようだったんですって。みんなに向島のフィッシャー＝ディースカウなんて呼ばれていたそうです。大津のおばさまときたら、高野さんにお会いしてからというもの、初恋の人に何十年ぶりに巡り会った女学生みたいなんですよ。わけがわかんない」

紫乃は慌てて、

「まあ、みなちゃん、なんてことを」

「ですから私、高野さんを早くお連れしてってっておばさまにお願いしてたんです」

と言ってから、意味ありげな顔を紫乃に向けると、

「ほんと、素敵な方。確かにおばさまの守護神ね」

とささやきかけた。

「だって、おばさま、いっつもうっとりとした声で『作次郎の生まれ変わりなの』って、そうおっしゃってるじゃないの」

みなこはいっそうはしゃいだ表情になって声をあげると、こんどは高野に向かって、

「で、守護神様にはお神酒になにを差し上げましょう？　水割りでいいですか？　神様ですもの、そんな月並みなのじゃないですよね？」

とたずねた。

「私はできればワイン、それもトカイがあればそれを」

そう注文した高野に、

「もちろん！　神様がハンガリーの貴腐ワインなんて、なんてまあお似合いな」

みなこは感に堪えないといった様子で目を見張ってみせると、くるりと後ろを向いてしゃがみこんだ。カウンターの奥の棚を探り始めたのだ。

「私も同じトカイを」

紫乃が、２人のやり取りに置いていかれたと言わんばかりにわざとらしく少しふくれた声を出す。

みなこはぴったりとした黒いスカートに包まれたお尻を紫乃に向けて突き出したまま、

「おばさま、いいわねえ。神様と相合グラスだなんて」

「相合グラス？」

高野がみなこの背中に問いかける。素直で上機嫌な声だった。

「そう。相合傘っていうでしょう。それと同じ。相合グラス」

相変わらずみなこはお尻を向けたまま後ろ向きで答えた。

探し当てたボトルを手に振り返ったみなこが、小さなワイングラス２つにほんの少しとろみのあるトカイをゆっくりと注いだ。

社外取締役とオーナー会長

みなこの店は、ドアを開いた正面がすべて大きなガラス窓になっている。床下にまで達している窓の外は暗く、真下に道路が見え、その向こうに高速道路があって電車の線路と並行して走っていた。そのまた向こうは新幹線だ。何本もの鉄やコンクリートの道が、順々に大きな窓一杯に拡がっているのだ。

外の暗闇を見つめていると、高野はふっと足先から窓の外に吸い出されてしまいそうな眩暈を感じた。高野が手にしたトカイのグラスからは甘い香りが立ちのぼり、窓の外の風景ぐるみ、なにもかもがぼんやりと溶け出していくようだった。高野は、気の遠くなるようなけだるい感覚に身も心も浸されていた。

この「みな」という名の店は、銀座8丁目のコリドー通りに面したビルの最上階という特権をフルに生かした立地が自慢だった。客は夜にしか来ないから、誰もが高野と同じように窓の外の漆黒の世界とそれを左右に切り取る何本もの線路や道路に引きつけられる。40歳を過ぎて、清田みなこはそれまでのクラブ勤めのときからの夢、自分の店を持つという長い間の夢を実現したのだった。みなこの店だから、みなと名付けた。みなこは誰からもみなちゃんと呼ばれている。

「公庫だけど、随分な額の借金しちゃったのよ」

初対面の高野に、みなこはあけすけに話して聞かせた。

「高野さん、みなちゃん本当によくやってるんですよ。だからお客様がとっても可愛がってくださって。ここ、もう5年になるんです」

横から紫乃が言葉を添えた。

カウンターの右隣に座った高野に、体を少しひねるようにして顔を向けている。

「ウチの会社もやっと順調に滑り出しました。それもこれも高野さんのおかげです」

そう言って、紫乃は黒い御影石のカウンターに両手の指をそろえると丁寧に高野に向かって頭を下げた。濃い赤の、胸ぐりの大きなフェラガモのワンピースが揺れる。胸元がのぞいた。大きな乳房の形がわかる。

「どうかこれからもお見捨てなく、よろしくお願いいたします。悪いところがあったら、なんでもおっしゃってくださいね」

そう言う紫乃に、高野は姿勢を正すと、

「はい。礼儀はわきまえるつもりですが、遠慮はしません。私は社外取締役ですからね。独立した立場で少数株主を含めたステークホルダーのために会社を監視しているのですから。御社は中小規模の非上場会社の社外取締役という大事な実験です」

紫乃がうっとりとした目つきで、たったいま言葉の吐き出された高野の口元を見つめる。少し酔っている様子だった。

「それにしても、先ほどは私がナイフでレタスを切っているところを熱心にご覧になってましたが、なにか理由でもあるんですか。珍しくもない光景でしょうに」

高野がたずねると、紫乃は待っていたように、

「失礼しました。私、あのお店、三津田作次郎に初めて連れていってもらったんです。そのとき、彼がナイフを真横に一文字に動かしてレタスを切るのを見ました。なんて恰好いいのかし

ら、と思いました。40年以上も前のこと。高野さんが同じ場所で同じことをされたので、ついつい見とれてしまって」

「レタス、ですか」

「はい。日本人はあんまりレタスをナイフで切って食べませんし、そもそもお皿の上でナイフを左右に動かす日本人は珍しいですよ」

「へえ、そうですか」

「ええ、みんな縦、つまり前後に動かします。高野さん、あのとき、或る人との思い出なんておっしゃいましたね。どんな方ですの？　おたずねしてはいけない方ですか？」

高野は、こいつは危ないなと感じた。

〈俺は、この女性が40年以上前に出逢った一大事件の登場人物に見立てられているらしい。俺は大丈夫だろうか？　この、人生が唐突にパックリと口を開けた薄ぼんやりとした落とし穴を無事通り抜けられるだろうか？　人にとって危機というのはいつもこんな風に始まるのだろう。まさか70歳間近になって妻以外の女性と新しい関係に入るとは思ってもみなかった〉

高野は、今の妻である英子と結婚して以来、絶えて浮気らしい浮気をしたことがなかった。結婚できないかもしれないのに高野に人生を賭けてくれた英子を裏切る気にはなれなかったのだ。いや、多少はそういうこともあったかもしれないが、少なくとも最近では面倒くさくなってしまったというところだった。自ら求めなければ、つまずくこともない。

だが、自分でも愕然とすることがある。うかうかと残りの人生の時が消え去るままにしてしまって、死の床に臥して急に後悔に取り憑かれてしまうのではないか。あげくに絶望しながら死ぬことになるのではないか。そう思うことがあるのだ。焦る。だが、それ以上にはならない。焦燥感はブスブスと音を立てているうちに、いつも消えてしまう。

〈どうやら今俺の心のなかで、なにかしらの生命の炎が小さく燃え始めてしまったようだ。サガだろうか。いや、なにかもっと広い、生命そのものの根源のような気がする。この歳になって、こんな感覚が戻ってくるとは。男というのは、どうにも仕方のない生き物のようだな。それにしても、これは据え膳ということになるのか。どうしてこの女性、大津紫乃という女性は俺に対してこれほど積極的なのか。何を求めているのか。64歳の、何十年も連れ添った夫に裏切られた女性。いや、それは俺が知っている部分であって、その他にこの女性がどんな人生を送ってきたか、俺の知っていることはほとんどない。

たとえば夫以外の男性と関係することがあったのか。あったとすれば一度ではなかったのか。なにもなければ目の前のこの女性の態度はありそうにない気がする。わからない。どんな膳が出ても迷わずにすぐに食らいつく歳ではとっくになくなっている。とにかく、今日は大丈夫だ。もうしたたか飲んだから安全だ。いくら心がはやっても体がついていかない。この状態の体では性行為はあり得ない〉

そう言い聞かせている端から、

〈しかし、キスはあり得るだろう。もしキスすれば、次を約束することになる。その次は、69歳の男と65歳の女性なのだ。なにもしないで終わらなくても不思議はない。なにかを言い出すとすれば、それは男のやるべきことだろう。男の責任だ。恋の恥のリスクは常に男が取るべきもの。しかし、俺はいまさら恋などが欲しいと思っているのか。そいつは、いま手の中にある静かで平和な生活を振り捨ててまで味わわずにおれないほど狂おしいなにかなのか？〉

高野はあらためて目の前の紫乃を見つめた。

「いやっ、そんなに見ちゃ」

思いがけず、紫乃が小さく叫んだ。

〈あ、少女のコケットリーがここにある。この女性はそうした自分を意識しているのかいないのか。いずれにしても65歳の女の心は15歳のままなのだ〉

高野は、紫乃が暑気払いと言い出し、その後でこの店に誘ったことを思い返していた。相談があると言っていたのだった。

「これは失礼。人は、目の前にある美しいものは見つめないではいられないものです。おや、酔ったかな。ところで、相談というのはなんでしょう？　酔っぱらってしまう前にうかがわないと、せっかくうかがっても明日には忘れてしまっています」

〈また言ってしまった。どうしてこんなことを言うのか、言わずにおれないのか。英子の時もそうだった。これを言って、それで始まったのだった。その後にも似たようなことを別の女たちに次から次へ投げかけたのではなかったか。どれも地獄の日々につながった。身を投げて飛び込むことはたやすい。しかし、そこから這い出すことはこの身を切り裂くように辛い。性分なのか。情に厚いのか。なんにしても、それでもなんとか無事な姿で現在にたどり着いている。

大木なら人生の無駄と憫笑《びんしょう》を漏らすことだろう。そうしたことの連続で、俺はなにを望んでいるのか？　せっかく静謐《せいひつ》で温かい、すべてが滑らかに流れている家庭生活というものがあるのに、なにを好きこのんで〉

「高野さん、会社、どうしたらいいんでしょうか？　いえ、少数株主たちのことなんです」

紫乃の声に、独りの世界を漂い始めていた高野の思考が元の世界へ引き戻された。

「お持ちの株を買って差し上げるのがいいのでしょうか？　配当を増やして差し上げるのがいいのでしょうか？

私にはわからないのです。

つい最近まで、私はあの会社は自分そのものだと思っていました。創業者の三津田作次郎が私にくれたのです。私が出戻りになって会社に復帰して間もないころのことでした。

三津田作次郎が、オマエに会社をやる、と言って。向島運輸の株主になる資産管理会社を作って、その会社の株を私にくれました。『大切にするんだぞ』って」

「ほう、そんなことがあったんですか」

高野はやっと紫乃が100億の資産を誇る会社のオーナーになったわけがわかった気がした。前社長の子どもである梶田健助がまるで使用人のようで、その妻にすぎないはずの紫乃がオーナー然としていることの謎が解けたような気がしたのだ。

それにしても、三津田作次郎という創業者は、子どもがいないとは言いながらもレッキとした妻がありながら、どうして赤の他人の紫乃に会社を譲るようなことをしたのか。

高野は、梶田夫妻が結婚したのは創業者の意向だったという話を思い出していた。そういうことだったのか、といまさらながら腑に落ちる気がする。

男は女のために金を稼ぐのだ。いずれ男は年老いる。すると若い女に金で報いてやることしかできなくなってしまう。

〈少なくとも、バイアグラという魔法ができるまでは〉

高野は胸のポケットにそっと触れてみた。四六時中携帯している。使うわけではない。何年か前、同い歳の友人が「俺たち老人世界の新入生にとって、なによりのお守りだよ」と妙な解説をしながら1錠分を切り取ってくれたのだ。「レビトラ20㎎」と記載されていた。「若さとは性の力だろう。そいつを保証してくれる。たとえ一時の錯覚でもな」

高野はみなこの姿を目の端で捉えたまま、紫乃に向かって、

「支配するには十分の割合の株だが、だからといって残りの少数の株主に報いないでは済まないと思っていらっしゃるんですね。そのとおりですよ。全国の同族会社ではどこでも、少数株しか持っていない株主はないがしろにされすぎているのです。配当も自己株の取得も、言い出すことすらできない。言い出したところで少数株主の言い分が通るなんてことはあり得ない。法律が悪い。変えないといけない。少数株を持っていたばかりに、相続でひどい目に遭った例すらあります」

高野は大木に聞いた大日本除虫菊の話を紫乃のために繰り返してやった。

「不条理です。生きている間に自分の少数株を売ってしまうしかない。でも、誰が買ってくれ

るでしょうか？」

「少数株を持っている方は、誰も文句なんておっしゃいません」

紫乃がささやくように言った。聞こえない。高野は耳を紫乃の口元に近づけた。

「それなのに、私のほうからなにかしなくてはいけないのでしょうか？」

熱い吐息が紫乃の口から漏れ、高野の耳朶《じだ》にまとわりつく。

「ああ、そのことですか。本当は、少数株主の方から会社への買取り請求ができるという法律になっていないのがおかしいのです。私は大木弁護士とよくその話をします。配当で満足している株主はそれでいい。でも、将来の相続を見すえると、それで済まないような会社もあります。中身に価値がある会社の株主には救済措置が必要です。取締役は株主にフェアに報いなくては」

「それが取締役の善管注意義務？」

「そう。独立した社外取締役である私はそう思います。でも、私が会社の経営をするわけではありません。経営は執行側が考えることです。執行側を選ぶのはオーナー株主です。つまり、あなただ」

「そんなこと。私、少数株主さんに悪いことなんてしてません」

「そう。そのとおり。問題は法律と習慣で、個々の取締役ではないかもしれない。でも、オーナー株主にはそいつを防止することができる」

「身を切られるよう」

人はそれぞれのタデを食べる

紫乃はトカイのグラスをあおると、空になったグラスを目の高さにかかげた。片目をつぶってグラス越しに高野の顔を眺めながら、そっと自分の心にささやきかけた。

〈おかしな2人、おかしな会話。私の話は私が損をする話。でも、私はその話をこの目の前にいる人としたい。どうして？「よくやったね」と誉められたいから。三津田作次郎が知ったらなんと言って嘆くかしら。「おバカなお嬢さんだな。ちっとも変わらないね。もう俺は冥土にいるから助けてやれないよ。手の中の財産は投げ捨ててしまえば決して二度とは戻ってこない。後になって臍《ほぞ》を噬《か》むことになる」あのときもあの男はそう言った。結婚するのか。そうかい。でも、この会社を出ていったら俺は手を出して助けてやれないよ、って。でも21歳だった私は若い男のところに飛び込んだ。そして案の定すぐに別れた。別れて三津田作次郎のところへ戻ってきた。「長い旅をしてきたんだね。お帰り」三津田作次郎はそう言って、やさしく抱いてくれた。私は黙って涙を流していた。40年前。それから何年もしないうちに作次郎は死んでしまった。その時には私は大津から梶田に変わっていた。作次郎が私を金持ちにしてくれていた〉

高野の声がした。

「非上場会社のオーナーの立場は、もし会社が上場会社だったら、と考えるとわかりやすいですよ。少数株主も株主として大事にされなくてはならない。配当か自社株買いか。業績を改善して株価を上げるのもいい」

「では、ムコージマ・コーポレーションも新規の投資をして、と?」

「いや、簡単でないことはわかっています。現に、上場会社でも250兆円も内部留保が積み上がっている。そのことを批判されてもいます。でも、使い道がない。海外の会社をM&Aして、それで大失敗になっているところもあります。東芝、といったら誰でもわかりますよね」

「では、ウチは?」

「いっしょに考えていきましょう。そのために社外取締役になったのですから。監督だけではなく助言も社外取締役の仕事です」

高野の柔らかい、優しい声が紫乃の耳の奥を柔らかくくすぐる。

〈そうなの。その話を2人でしていたいんです。できれば、いつでも、どこでも、いつまでも〉

「はい、どうかよろしくお願いします」

みなこがトカイの小さめのボトルを左手で持ち上げて話に割って入った。

「もう一杯ずついかが? 相合グラスで」

微笑みながら、2人の空いたグラスをもう一度トカイで満たした。

〈ああ、グラスの酒は元に戻すことができる。しかし、人の人生の時は往って、還らない。なんという残酷なことか〉

高野は、思わずカウンターの上に置かれた紫乃の右手に左手のたなごころを重ねた。紫乃が左手で握り返してくる。顔を見合わせた。

「おやおや、冷たい手ですね」

「そうなの。子どものときからずっとそう」

一気に関係が変わった。もう他人ではない。手は心を伝える。手を握り合えば他人ではなくなる。伊藤整の言ったとおりだ。『男というものは60歳になっても、まだ性の衝動から抜け出すことができないのだ。気をつけろ、生きている間は何をするかわからない』

高野は紫乃の手の上にある自分の手を意識しながら、

〈たぶん、帰りのエレベータのなかでキスすることになるな。このみなことという女性は気を利かしてエレベータにはいっしょに乗らないだろう。ひょっとしたら、以前にも別の男性をこの店に連れてきたことがあって、今日と同じことがあったのかもしれない。それはそれでよい。今は今しかない。明日は来るとも知れない〉

高野は自分に放恣《ほうし》を許すことにした。帰ったときには英子はもう眠っていることだろう。最近は疲れるからと先にベッドに入ってしまって、高野が寝室の電気を消すときには軽いいびきをかいていることが多い。それでいいのだ。若くて、体を重ね、激しい動作をしないでは眠りにつくことができなかった時はどこかへ流れていってしまった。2人の時は去り、英子は静かな日々を穏やかに送るようになり、高野は独り取り残されている。

帰り、車に乗ろうとしてほんの少しふらついた。前の車に乗った紫乃に大げさに手を振ったせいなのだろう。運転手の南があわてて脇から支えてくれる。初めてのことではない。

〈さてさて。まるで15歳の少女と16歳の少年のようなキス。２羽の小鳥のように、唇の先端だけをほんの一瞬合わせるだけのキス。エレベータのなかでのその儀式が終わった以上は、次ということになる。大丈夫だ。うまくやれば誰にも心配をかけないで済むだろう。大騒ぎしないことだ。もうそんな時期はとっくに過ぎた。69歳の男と65歳の女にふさわしい関係。

いやいや、大木に話したらなんと言うことか。

昔のように、「オマエの人生に対する底なしの野心には敬服するよ。人生の愉しみは出汁《だし》椀《わん》の底に残った最後の一滴まで味わい尽くさないではおかないという、迫力というか強迫観念というか、そいつがオマエには取り憑いているからな。高校のころからそんな奴だった」

と昔話の一つもして、

「だがな、なにごとも相手あってのこと。男と女の信頼は、いったん崩れれば戻らない。妻を傷つけた夫になってしまえば、そのことを後悔してみても決して取り返しはつかない。一時の欲望に駆られて静かで平穏な日常を失ってはならない」

とローマの哲人皇帝、マルクス・アウレリウス・アントニヌスのように片頬で笑うのか。

大木の言うとおりだ。俺もそう思う。それだけじゃない。英子を思えば俺の心は痛まずにはいられない。英子にとっては、過去自分が他人にしたことが今度は自分に起こるのだ。俺を恨むのは簡単だ。しかし、そうしたところで、結局は俺がそういう男であればこそ英子は俺を手に入れることができたという事実に帰着する。同じことが同じように起きる。漱石じゃないが世の中に片付くなんてものはほとんどありゃしない。ただ、英子の立っている場所が昔の反対

側というだけだ。英子にとってのデジャビュ。つまりは俺と出逢ってしまった我が身の不幸を呪うしかあるまい〉

そこまで来て、高野は微笑を漏らした。自分への冷たい憫笑だった。不快だった。

〈お互いに隠しているだけかもしれない。もし英子が俺に知られないように他の男と会っているとしたら？　そいつは、どこかホテルの一室かもしれない。俺が紫乃と2人きりでいることになるホテルの部屋、そいつの隣の部屋かもしれない。コンクリートの壁一枚が視界を遮っているだけで、厚さ5センチの壁の向こうに男に抱かれた英子がいるかもしれない。歓びの声を上げながら。しかし、コンクリートは光も音も遮断する。お互いがそうした行為を終えた3時間後、俺たち2人の自宅がある碑文谷の戸建てで、いつものように英子と俺とが抱擁し合うとすれば、人の世というのはなんと滑稽なものでしかないことか〉

高野は目の前に広がる夜の銀座の光景に見入った。たくさんの男たちとその男たちの金と愛情を目指す女たちが急ぎ足に歩いていた。何十年も前からの見慣れた夜の銀座の景色だった。

〈俺はたぶん、大木に問われればあの真面目人間に向かって、

「浮気心を無理に抑えれば、結局のところ俺という人間を不幸にしたのはお前だと言って妻を恨むことになる。理不尽で何とも身勝手な話だが、そうなる。しかも、妻というものは決してそんな男を理解することはない。浮気を告白してもひとたび浮気した男を無条件に受け入れることはないのと同じだ。男と女はわかり合うことがない。だから、男は隠すことが最良だと早く悟るしかない」

と言うに違いない。

「なんとも下手な逃げ口上だな」

大木の奴は、声をあげて笑うことだろう。あの男なぞにわかることではない。なんせあの男ときたら、仕事以外は妻とのガーデニング、それもマンションのたった10坪のテラスでの園芸が趣味ときているからな。

「江戸期の花卉《かき》園芸は世界文化史の粋だぞ。庭師、植木屋といった新しい職業を創り出すところまで行ったんだ。雇用を創出したという意味ではコーポレートガバナンスと関係なくもない。第一、今のアサガオがどうやって今のアサガオになったか、オマエ知りたいと思わないのか」

なんてわけのわからないことを言っていて、まんざら冗談でもないらしいが、ありゃ俺とは別の世界で生きている。

確かに、大木の園芸趣味は年季が入っている。いつだったか、「オマエみたいのを『花癖』って呼んだんだろう」と笑ってやったら、なんとも嬉しそうな顔をしたっけか。

未だ新米弁護士で、小さなベランダしかないマンションに住んでいたときにも、「祖母が小さな庭に植えて愉しんでいた。そのときに習ったんだ」と言って鶏頭を大きめの鉢に植えていた。

しかし、俺は何かが隠されているという気がしてもいた。鷗外にとっての舞姫エリスとの記憶のように、もはや埋火《うずみび》となったなにかが若かったとき、たぶん30代だったころの大木にあったのではないか。

人生に一度だけ。しかし、決して取り返しのつかない何か。そう俺は睨んでもいたのだ。

大木忠は鷗外と同じ理由で俗物《フイリステル》になると決心したのではないか。だが、問うことはしない。話したければ話している。話さないのは話したくないからなのだ。何十年来の友人と言ってみても、知っていることは案外に少ないということになる。改めてそう思う。お互い様だ。そうも思う。

俺は俺なりにそのときどきの女性関係に本気だったのだ。大木なぞにはわからないだけだ。タデ食う虫も好き好き。人はそれぞれのタデを食べる。俺の人生行路は俺の遺伝子が決めることで俺にどうなるわけでもない。俺とて大木のような人生がうらやましくないわけではない。妻との平穏な家庭生活とそれに支えられた仕事。仕事では情熱が盛大に燃え上がる。家に戻れば平和な暮らしが待っている。アサガオと鶏頭と蘭。結構なことだ。誰も非難しないばかりか称賛するだろう。

だが、人は人、俺は俺でしかない。

いや、それだけじゃない。

「それにしても高野、オマエって奴はそうやっていつも自分から苦労を抱え込んで、ご苦労なことだな。英子さんのときから少しも進歩というものがない。毎度まいど同じことを同じように繰り返す。実験用モルモットが薬剤を打たれるたびに痙攣しているようなものだな」と憐れむのかな。

いやいや、きっと思わぬほど真剣な顔つきになって、

「おい、今度ばかりは違うぞ。オマエは社外取締役で相手はその会社のオーナー会長だ。男女の仲は、なんてうそぶいてみても、なんの弁解にもならないぞ」と脅かすのかな。

そうだろうな。あの慎重居士にはこうした人生の危険の裏側にこびりついた愉悦は見えないのだろう。いつも、

「妻と子どもがいて、それだけでも人間一人の労苦として十分過ぎるほどなのに、どうしてそれ以上の煩悩を抱え込む必要があるのか。人生は短く、愉しみを味わい尽くしたと信じたところで、終わる時には終わる。蘇らない。所詮、そんなものはあってもなくても同じことだ。それよりも、平穏な心で生きられること以上の人生はない。なによりも素晴らしいのは、そうやっているうちに死んでしまうことだ」

そう言っている。自分で信じこんでいる。

だけどなあ大木よ。オマエは鷗外が死の間際に『馬鹿馬鹿しい』と言ったと教えてくれたじゃないか。伊藤整も『俺は馬鹿だ、俺は馬鹿だ』と繰り返しながら死んだそうじゃないか。

それに、ムコージマ・コーポレーションは小さな会社だ。上場してもいない。関係する人間はごく限られている。

不便なものだな。

ま、現実はなるようにしかならない。そのなかで、できるだけのことをする。してもしなくても命は尽きるときには尽きる〉

暗い車の中で高野は、思わずズボンの右ポケットから真っ白なハンカチを取り出して唇を念

入りに拭ってから、どきりとしてハンカチを見直した。何も付いていなかった。

鶴の恩返し

赤坂8丁目、青山通りに面したカナダ大使館と王子製紙のビルの間の道を六本木に向けて200メートルほど下ると、新坂という名の坂に出る。端がクランク状の小さな交差点になっていて、その交差点の右手に濃いブルーの外壁の小さなマンションが建っている。赤坂新坂パークマンションという名のとおり、三井不動産がつくった最高級ブランドのマンションだ。全9戸のマンションの一角、1LDKのユニットを紫乃は自分用に一つ持っていた。もちろん、会社名義だった。

紫乃がドアを開けると、1週間前に来たとき玄関のタタキに脱ぎっぱなしにしたスリッパがきちんとシューズ・ボックスに収められている。契約した清掃業者が紫乃のいない間に来てすべてやってくれるのだ。洗い立てのグラスが食器棚にきちんと並べられてもいる。

「なにか飲まれます？」

チーク材の北欧風ダイニングテーブルに向かって座っている高野に、紫乃が声をかけた。緊張した声だった。高野は少し落ち着かない様子で、背中を椅子の背もたれから離したままでいた。紫乃の身に着けたレモン・イエローのフェラガモの上下の内側から、同じ色のブラウスに描かれた何匹もの猛獣がこちらを狙っていた。

「あ、うん、そうだね」

高野はあらためて部屋のなかを見回した。胸の内では、今日はどうあがいてもアルコールの影響で何もあり得ないから落ち着いた気分でいられる、と自分に言い聞かせていた。

「いい雰囲気のスペースだね。あるじの心根がしのばれる」

窓に向かって視線を移そうとした高野が、ソファに目をとめてつぶやいた。真っ白な革を張ったル・コルビュジエのLC2だった。壁には赤や青の小さな花柄模様の壁紙が貼られている。

「素敵な壁紙だね。ウィリアム・モリス、好きなんだ。真っ白なソファが壁紙の花に恋している。ソファのやつ、近くに寄って話しかけたいのに動けないのが悔しいって顔している」

「まあ、それはそれは」

急須を傾けながら紫乃がほっと息を漏らした。

「ここ、買ってからしばらく使っていなかったんです。でも、場所がとっても気に入っていたから売らないでいましたの。

会社のことが一段落ついたので、自分なりに内装してときどき寄ってみようかしらと思って。都心に出てきて買い物をした後、向島まで帰るのが面倒になったとき、都心のホテルに泊まるよりもドアを開けたとたんに自分の空間が広がっているっていうのも悪くないかもって。瞑想部屋ってところです」

「それはそれは、なんとも贅沢な瞑想部屋ですね。じゃ僕はとんだお邪魔虫ってことだ」

高野が冗談を飛ばしながら、常滑焼《とこなめやき》の湯のみに手を伸ばした。赤茶色の表に内側が白く塗られている。

「おやっ、このお茶はなんておいしいんだ。静岡？　それにしても、この鼻に抜ける甘さと爽快感は」

「ありがとうございます。表参道にある『茶茶の間』という店で手に入れましたの。あそこ、素晴らしいんです。これ、青い鳥という名です。静岡から来ました」

「ほう、青い鳥か。いい名だ。若い鷗外がセイロンで青い鳥を買ったら、横浜に着くまでに死んでしまったことがあったっけ。そうか、そうなのか、これ青い鳥っていうのか。でも、名があってもなくても、このお茶は美味しい」

「よろしかったら、この世で一番美味しい和菓子をごちそうさせてください」

「え、この世でとはまた」

「だってそうでしょう。和菓子は日本にしかない。ですから日本一ならこの世で一番。私と歳の変わらないご夫婦が2人で、この近くで餡《あん》を練って作ってらっしゃるんです」

「そう。エイベックスの後ろにある『まめ』という名の和菓子屋さんだ」

「あらいやだ、ご存知でしたの？」

「ご存知もなにも、僕はもう何年もひいきにしている。日本一はもう時間が限られている。でも、あそこの春のウグイス餅は僕の人生の喜びの一つだよ。年に一度だけ。薄くて柔らかい餅とそれを覆っている明るい緑色の大豆の粉。そして中に詰まった小豆のつぶ餡。あー、いま思い出しても口のなかにツバキが溢れてくるようだ。あのウグイス餅は人生の意味を定義する。

人生が所詮その場限りのものでしかないことを含めて」

「そう。そのとおり。でもご存知でいらしたんですね」

「残念？」

「がっかり。ちょっとだけですけど」

「おかしいね。美味しいんだからいいじゃないの。

でも、あのお店の女将さんを見ていると、僕はいつも鶴の恩返しの話を思い出す。ほら、寒い雪の日、罠にかかった鶴を助けてやった男がいた話さ。助けてもらった鶴は美しい女になって男を訪ね、夫婦になる。女は男のために見事な布を織ってやるのさ。男はその布を街に売りに行く。高い値段で飛ぶように売れる。でも、女は織っている部屋を決して覗かないでくれと言う。そして、織物ができあがるごとに女はやつれてゆく。哀れな、悲しい話だ」

「そうね。鶴は自分の羽根を抜いて織っていたのよね。『まめ』の女将さんもそうやって自分の羽根を引き抜くようにして餡を練っているの？」

「そうなんだ。食べて美味しいとお客さまに感じてもらって、それぞれの人生の喜びのほんの一部にでもなれば、という思いを込めて骨身を削る。小豆が練り上がれば、それだけ身が細る」

「じゃあ、これ止めておきます？」

紫乃が冷蔵庫から小さな白い箱を取り出した。なかに整然と生菓子が六つ並んでいた。

「いや、あそこのきんつばも僕の好物の一つなんだ。餡がたまらない。甘いものは別腹とは、昔の人はうまいことを言ったものだよ。

僕の友人に小説も書く弁護士がいる。心が挫《くじ》けかけた女将さんは、その男の書いた小説を読んで働くことの意味、他人に喜んでもらうことのすばらしさを教えられて、気を取り直したそうだ。そして、またご主人と2人精を出して和菓子を作っていらっしゃる」

一瞬言葉を止めると、高野は、

「その成果が、今、ここ、僕の目の前にある。生身から引き抜いた羽根を織り込んで」

高野の右手の指がもう四角いきんつばを摘み出していた。

つい先ほど、外苑前、絵画館からのイチョウ並木が246に突き当たったところにある寿司屋で2人だけの夕食を済ませたばかりだった。

「この店では海藻までが美味しいんだ」

高野の自慢の店だった。人に連れられて最初に来たとき、少しの鮨飯の上に載せられたイクラを口に入れた。その瞬間、「生まれて初めての味だ。イクラってこんなに美味しいものだったんだ」と小さく叫んでいた。何年か前の9月だった。オヤジがカウンターの向こう側でほんの少しだけ唇を上げて反応したように見えた。

「くどう」という名のその寿司屋でモエ・エ・シャンドンのボトルが空くと、紫乃が誘った。

「一休みして、もうちょっとお話を聞いてください」

彫りの深い顔立ちの女将さん相手に勘定を済ませている高野に、紫乃がささやきかけた。2台の車を寿司屋の前、246に置いたまま、2人並んで青山通りを10分ほど歩いて赤坂新坂にたどりついたのだった。

〈ふーん、さすがに貸すほど不動産を持っているってわけか。これもその一つかな。

今いるこのリビングの向こうにあるドアの奥は寝室だろうか？　それとも、ドアの外には、エドワード・ホッパーの絵のように何もなくて、一歩踏み出したとたんに空中に放り出される仕掛けなんだろうか。まさか。

いったいどんなベッドなのか。ダブル？　セミダブル？　カーテンは薄い紫ってところだな〉

「私、ずっと少数株主の方たちのことを考えているんです」

「そうでしたか。私はてっきり、前の社長が持ち出したお金のことかと」

「ああ、あれはもういいんです。あの人はあの人なりの考えがあったんでしょうし。任せていた私がバカだったんです。まあ、手切れ金と思えばいいことです」

「でも、地獄に落としてやるってすごい剣幕だって辻田弁護士が言っていましたよ」

「そのとおりです。くやしかった。でも、もういいんです。すべて辻田先生にお任せします」

「それがいい。彼女なら大津さんに一番良いことをしてくれます」

「それよりも、このあいだ高野さんが話してらした少数株主のこと。私、気になってならないんです」

「身を切られるよう、って言われましたよね」

「本当にそうなんですもの」

「もちろんわかります。私はムコージマでは社外取締役ですが、自分でも会社をいくつも持っていますからね」

「でも、どれも上場していらっしゃらない」

「とてもとても、そんな規模ではありません」

「それなのに、会社にはガバナンスが、とおっしゃる」

「私自身、いくつもの上場会社の株主ですからね。コーポレートガバナンスの議論は多少はわかります。非上場では、オーナーの他に株主がいるかどうかが分かれ道です。大木がこんな話をしてくれたことがありました。『子会社で上場している会社がある。するとその子会社の社長さんはたいへんな目に遭うことがある。親会社が子会社の金に目をつけて貸せと言ってくるのさ。社長としては困ったことだ。断れば、親会社だ、クビになってしまうかもしれない。といって、貸してしまえば自分が社長をやっている子会社の経営に差し支える。子会社の少数株主たちの顔が社長の目に浮かぶ』って」

「で、その社長さん、どうするんですか？」

「大木弁護士のところに助けを求めてくるそうです。親会社の顧問弁護士では味方になってくれないので話にならない、と言って。大木は法律意見書を書きます。『少数株主の立場があるので、親会社からの要求といえども子会社はそんな貸付はできない』と」

「へえ、なんだか不思議な話」

「でも、それで親会社は引っ込みます。親会社も上場している立派な会社ですからね。最近も似たことがいくつかありました」

「上場しているって、すごいんですね」

「そう。他人にいつも裸の自分をさらさなきゃいけない」

「まるで小説家」

「渡辺淳一さんがそう言っていましたね」

「裸で往来を歩くようなものだ、って」

そう声に出しながら、紫乃は高野の椅子の後ろに回って両腕を高野の上半身に預け、しなだれかかってきた。高野は一瞬体の動きを止め、立ち上がると全身で紫乃を受けとめた。

〈ああ、また同じことが起きる。同じ？　違う相手でも所詮同じ？　いや、起きようがない。今日の俺は安全な体だ〉

高野はそう思いながら、手を伸ばして紫乃の上半身をきつく抱きしめていた。

体を離し、唇で唇を探す。紫乃が目を閉じている。

〈ああ、ここに15歳の少女がいる。初めて男を受け入れる少女が〉

2人、手と手をつないだまま隣の部屋に歩いていくとベッドに倒れ込んだ。下になった高野には天井の灯りがまぶしい。

紫乃の忍びの舎《や》

「電気を暗くして」

紫乃に言われて、高野は我ながら滑稽だと思いつつ、「どこにあるの?」とたずねた。

「そうね、わからないわよね」

紫乃は上半身を起こすと手慣れた様子でベッドサイドのスイッチをひねった。

「ごめんなさい」

この一言が高野に火をつけた。

〈なんて細やかな心根の人なのか〉

高野にとって、女性の肉体は秘められた部分を含めて、もはや見慣れたものにすぎない。その肉体に秘められた特定の人の心がその人の肉体を特別なものにするのだ。

〈乳房が大きいか小さいかではない。特定の女性に一対の乳房があって、それが気にならないのだ。大きければ大きいものとして、小さければ小さいものとして。かけがえのない心をもつ女性のものだから、男にとって2つとない大切な乳房になる。人は心、男と女は心〉

いつもそう思ってきた。

高野は勃起することができなかった。そ知らぬふりをして立ち上がる。

「どうしたの?」

「うん、ちょっと済まないけれどトイレに行きたくなっちゃって」

「まあ、まあ。玄関横、向かって左です。どうぞ行ってらして」

隣の部屋に戻るとジャケットの左ポケットを探ってピルケースを取り出す。友人に分けてもらってはいたものの、実際に使ったことはなかった。

水がどこにあるかわからない。仕方がないので高野はトイレの手洗い用のベイスンの上にある蛇口からの水を手に受けて済ませた。ミネラル・ウォーター以外の水を口にするのもずいぶん久しぶりのことだ。ましてやトイレの手洗いの水を飲んだことなど、ごく若かった時代の二日酔いのとき以来だった。

ベッドに戻ると、時間を稼がなくてはと思う。薬が効いてくるには一定の時間が必要だと聞かされていたのだ。たぶん30分か1時間。長い、長い。

「ここも会社のもの?」

「ええ。でもどうして?」

「社外取締役は24時間勤務だからね」

「そう。じゃあ、こうして男性と2人でいる部屋を会社名義にして、管理費も掃除代も家具もなにもかも会社の経費にしているオーナー会長は、どう見えるかしら? 社外取締役さん」

紫乃がいたずらっぽく笑う。

「公私混同が目に余る。だから、共同して公私混同をしている社外取締役は直ちに辞任します」

高野が冗談めかして言うと、紫乃は、

「ダメ。安心してらして大丈夫。ここ、明日、私が個人で会社から買い取ります。もちろん、マーケット・プライスで。未だ少数株主さんのことでご相談がいっぱいあるので、辞任は許しません」

と言いながら、仰向いた高野の唇に上から重なるようにして自分の唇を重ねた。

「とっても柔らかいのね」

満足気な声を出すと、ベッドに並んで横になった。

〈いったいこの女性は、分母が何人あるがゆえに俺の唇が柔らかいという統計的な結論を導き出せたのか。いずれにしても女はどれも似ている。しかし、微妙などこかの違いが目の前の特定の女へのいとおしさを際立たせる。と言ってみても、そいつは所詮この俺自身についてのナルシシズムかもしれない。男と女は、どんなに愛し合っていても、わかり合うことはできないままに死ぬしかないもの〉

結局その日、高野は紫乃と結ばれることはなかった。

〈彼女と溶け合うはずだった。海と溶け合う太陽。若いころ、何度もそうしたことがあった。あのころは、陽がまた昇るように、海に沈んだ太陽はまた、何回もきりなく昇るものだとしか思わないでいた。時には一日に何度も昇ったものだ。あれから何回太陽が昇ったことか。しかし、今日は昇らなかった〉

待たせていた車の後部座席にゆったりと座り、高野はさきほどの紫乃との時を思い返していた。

〈なにもなかったから、こうして落ち着いて自宅に帰ることができる。英子に会えば抱きしめることすらできるだろう。良かったということになるのか。それにしても、あの女性はなぜあれほどに俺を？　ストックホルム症候群か？　そうかもしれない。彼女は俺の社団法人に夫を奪われてしまったようなものだ。その上、夫は実は彼女の思っていた夫ではなかったと無理やりのように真実を突きつけられた。そのきっかけは俺だ。いや、すべては三津田作次郎なのだろう。20歳の彼女に48歳で男女関係を教えた男。別の男のところへ去り、戻ってきた彼女に会社を贈り物にしてしまった男。俺が作次郎に似ているって？　なんの意味もないのに、人は声や顔が似ているとなにかを錯覚する。デコイか〉

紫乃と高野は、週に一度、2人だけで夕食をとるようになった。店は高野が指定することもあれば紫乃が探し出してくることもある。代金は高野が払う。食事が終われば、決まって赤坂新坂のマンションに向かう。高野に他での夕食の約束があるときには、紫乃が先に行って待っていることもある。ときには紫乃が簡単な食事を作ってくれることもある。いずれにしても、高野が薬を使うことはない。唇を合わせることもある。抱き合うこともある。手が触れれば、そのままにしていることもある。しかし、それ以上のことは起きない。高野が動かない以上、紫乃も悟ったのか、彼女から動き出すことはない。

高野は、あの夜の帰りの車のなかで感じた解放感が忘れられなかったのだ。虎口を脱して、辛うじて罪なくして帰宅することの愉悦が、車が自宅に近づけば近づくほど体中に湧き上がってきたのだった。

〈危ないところだった。大津紫乃と深い仲になれば、次に会うことが義務になる。なれば、結局自分の生活の平穏を乱す者として紫乃を逆恨みすることになる。身勝手な男？　今に始まったことではない。つまりは、なにが己の人生のなかでの優先事項かという問題なのだ。そう整理してしまえること自体が、もう若さが俺のなかから完全に消えてしまったということなのだろう。昔は自分で自分を制することなどできなかったのに〉

高野には自分で自分が不思議でならなかった。

〈遂に俺は俺の体のなかにあった性の衝動という奴を飼いならしたのか。いや、単に歳を取っただけなのか。

『70歳になると底流にいつも性欲があった世界を離れたような解放感がある』と山田太一が書いていたっけな。

なんにしても、単なる茶飲み友だちでいけない理由はない。社外取締役たる男には、なんともふさわしい役回りだ。そのうちにそうでなくなるかもしれない。それはそのときのこと。

たぶん、彼女も俺との性関係を強く望んでいたのではないのだろう。

大事なことは、俺がすがりつくことの許される男だと確認すること。

それが、夫をただの使用人としてしか見てこなかったオーナー社長の行きついたところだったのではないか。女は男の求めに応じることで男を引きつけておくことができると信じるもの。男が望めば体を開く。しかし、その男がもう役立たずだということは、案外もっけの幸いだったのかもしれない〉

高野があてもないこうでもないと考えを弄《もてあそ》んでいると、小さな花を散らした模様の木綿のワンピースに着替えた紫乃が、根来塗の盆を持って現れた。

「おや、素敵な花の乱舞だ。最近は花柄が流行っているらしいね」

「ありがとうございます。あなたにそう言っていただくと、とっても嬉しい。今日は、『茶茶の間』で秋津島というお茶を仕入れてきました」

テーブルの上に和多田式常滑の、緑色をした薄い急須が置かれ、揃いの印花模様の小さな煎茶茶碗が2つ、寄り添うように並んでいた。紫乃が椅子に座ったまま両手で急須を傾けながら、

「東京で一番美味しいチョコレートをご存知？」

と問いかけるように微笑んだ。

「ほう、ラ・メゾン・デュ・ショコラじゃなさそうだね」

「うわあ、嬉しい。高野さんでも知らないことがあるのね。『ラ・ヴィ・ドゥース』というお店。愛住町っていう素敵な名前の町にあるの」

高野は知っていた。妻の英子がシェフの堀江新《しん》さんと親しく、いつも贈り物はこの店のチョコレートに決めているのだ。しかし、高野は黙っていた。

紫乃は高野の知らない店の自慢ができるのがよほど嬉しいらしく、饒舌だった。

「堀江さんていう方なの。イケメンで恰好いいのよ。ここのアールグレイとグランカカオが好き」

「ラ・ヴィ・ドゥースって『甘い生活』っていう意味だろう。イタリア映画がなかったっけ、フェリーニの」

「それ、違うの。それは、ラ・ドルチェ・ヴィータっていうらしいわ」

「そうか。フランス語とイタリア語の違いか」

「あそこ、ショーケースの向こうに素敵なカウンターがあって、そこに座ると通りを歩いている人が間近に見えるの」

「ふーん」

「こんどいっしょに行きたい。２人で座って、並んで外を眺めて、外から２人を眺められて」

高野は心が痛かった。そのカウンターには英子と座ったことがあるのだ。向かいのマンションのデザインが変わっているという話もその時に英子とした。

「そうだね」

そっけない返事しかできなかった。紫乃は、

「お忙しいですものね。でも、もし機会があったら」

と言っただけで、話題を変えた。

「私、前にお会いしたときからずっと、少数株主になにをして差し上げなくてはならないのか考えていました。私の株が51％。少数株主さんたちが49％。資産が時価で１００億、年間の純利益が２億。配当は長いあいだ年に１０００万円。どうしたらいいのでしょうか？」

「ディスカウント・キャッシュ・フローを加味して、まあ全体でムコージマの価値というのは50億かな。不動産の賃貸会社だから、資産ほどの収益性はなくて当たり前でしょう。配当を増やすか、自己株取得をするのか」

「正直なところ、自己株取得はしたくないの。そんなに現金はありませんから、そうなるとビルを売らなくちゃいけないことになります。法人税がもったいない」

「ダンゴ屋さんの話、した？」

「え？『まめ』？」

「いや、違う。何代にもわたってダンゴ作りに精出してきたダンゴ屋さん。近所で評判なのはもちろんのこと、電車に乗って買いに来る人もたくさんいる。味がいい。餡がいい、季節になるとよもぎの香りがいい。小さな店だけど、世の中の役に立っている。主も、私は金のために働いているのではありません。お客さまから『やっぱりここのダンゴは格別だね。寿命が延びる』と言っていただくと、それがなんとも嬉しいだけでして、って」

「へえ、どこにあるの？　教えて。私も食べてみたい」

「僕も食べてみたい。銀座にある」

「じゃ、さっそく」

「そうは行かない。僕の頭のなかの銀座にしかないから」

「どういうこと？」

「非上場会社、同族会社の架空の例さ。銀座の花椿通りにあって、ほんの15坪の土地、と言っても借地だがね、その上に2階建ての自宅兼お店が建っている。木造モルタルの昔よくあった商店だ。ビルの谷間にあって、その一軒だけ櫛の歯が欠けたみたいだ。土地の値段は15億近い」

「ほんとね、銀座にはそんな店が残っていそう」

「最近の銀座では路面店ていうのかな、ビルでも1階部分の家賃がとんでもなく高い。坪当たり月に40万もするところもある」

「本当にそのダンゴ屋さん、15億の土地の上でダンゴを作ってるのね。お高いんでしょうね」

「いや、その店のダンゴは高くない。１本１００円とか、そこらだ」

「えーっ、そんなに安いの」

「あなたが都心の土地の値段に毒されているからそう思うのさ。オヤジさんは、『祖父が始めたときには周りはみんな似たような店ばかりでした。下駄屋も電器屋もありました。どれもみんな住まい兼用で、それはそれは楽しいお付き合いでした。でも、戦争が終わって、高度成長っていうんですか、それで少しずつ変わっていきました。最後にバブルが来て、周り中が絨毯爆撃されたみたいになってしまって。誰も、なにも悪いことなんてしていないのに。私のところは、私がこんな頑固者だし、幸い息子も跡を継ぎたいと言ってくれてますしね。私？　私はばあさんと2人ですからお金なんてほとんど要りません。ですから、私はほとんどすべてを会社に残すようにしています。最近は法人税が安くなりましたし、助かります』そう言っている」

「いいお話ねえ」

オーナーは少数株主に対してフェアに

「いい話？　ダンゴ屋さんのこと？　さあてどうかな？　僕の頭のなかでは、あなたはそのダンゴ屋さんの株を49％持っているんだよ。配当は年に10万ぽっきりだ。あなたのお祖父さんがダンゴ屋さんのお祖父さんのお兄さんで、弟がダンゴの店を始める時に土地を借りる金が要るというので出資してあげた。ダンゴ作りにはとても熱心な弟だったが、金の計算はからっきしダメで、お金を借りてもすぐに返せるかどうか自信がないなんて言うから、株にして儲かったときだけ返せば良いという形にした。その時に49％の株で出資してやったんだ。だからお祖父さんから相続したあなたが、今ではダンゴ屋の49％の株主なんだよ。ダンゴ屋さんのオヤジさん自身が40％持っていて、妹さんが11％持っている。いっしょに店で働いている。もうおばあさんだ。オヤジさん夫婦とオヤジさんの妹で、目まぐるしい世間の動きからすっかり取り残されたような商いをしている。お祖父さんの代にはお礼の意味もあって、地代をしっかり払っていた。ところが、借地権はゼロで始まったのに自動的に土地の値段に占める割合が増えていって、今では土地全体の価値の9割は借地権になっている。借地法が借地人の味方だからね。自然発生借地権という」

「そう。知っているわ。私の会社でも貸した土地は取られた土地だと三津田作次郎も言ってました」

「あなたは今の現実のあなたじゃない。仮にそうだったらという設定です。金がなくて、しかも49％も株を持っているから、あなたが死ねば子どもたちにはとんでもない額の相続税がかかってくる。税務署が同族株主ということに分類してしまうからね。そういう立場の、子どもが3人、孫が5人の89歳のおばあちゃんという設定だ」

「あら89。大変」

「オヤジさん夫婦は会社から大した給料をとらない。妹にもさして払わない。兄夫婦と妹、祖父以来のダンゴ作りを守ることが自分たちの使命だと思って生きている。だから内部留保が少しずつ溜まっていく。土地の値段がバカ高いこととダンゴの値段は何の関係もない。その結果は、たくさんのお客さんが銀座で安くて美味しいダンゴを買って帰って、家族団らんで食べるのを楽しみにしているっていうことだ。橘曙覧《たちばなあけみ》の世界だね。『楽しみは　妻子《めこ》むつまじくうちつどい　頭《かしら》ならべて　ものをくう時』。店には客が引きも切らない。好い話だろう？　でもそのコインの裏側にあるのが、49％の株主は無視されたままという厳然たる事実なんだな。オヤジさんには自分の40％と妹の11％のためなら対策を打つ動機がある。大変な額の相続税になるだろう。会社がなくなっては困るからね。事業承継というのは、よく話題になる。しかし、少数株主の相続税など知ったことではない」

「あ、大日本除虫菊！」

「そうだ。頭の良いオーナー会長さんだね」

「私、不動産賃貸会社のオーナーですもの。他人事ではありません。きっとそのダンゴ屋さん、フーテンの甥がいるんでしょう？」

「フーテンの甥か、まるで寅さんだね。なんだか自分が映画のなかで志村喬が演じている諏訪教授になった気分だ。寅さんの妹のさくらさんのご亭主、博さん。彼のお父さんだ。大学教授だった。『寅次郎君、歳を取るとおもしろいことなんてなくなるんだよ』とそう言っていたっけな。僕も誰かにそう話しかけたくなるような、そんな気分になってくる」

「私、フーテンじゃありません」

「もちろん、違う。あれはスクリーンの中だけのヴァーチャルなものだ」

「でも、寅さんが久し振りに柴又に帰ってきたら、ダンゴ屋は影も形もなくなっていて、新しい巨大なビルの建設が始まっているのね」

「それでいいじゃないか。銀座でなくても、もっと土地の安いところに移って、今度は100%自分の金で商売気のない、趣味のダンゴ屋をやる。犠牲になって陰で泣く少数株主はいない。誰に遠慮も要らないさ」

「そうなのね。向島の不動産賃貸業者も同じね」

「そうかもしれない。それはそれぞれの会社が決めることだ。

僕の空想では、49%の株主であるあなたの自宅に夜遅く電話がかかってくるんだ。『もしもし、こんな深夜に申し訳ありません。私、鹿山建設の者でございます』って」

「あら、ゼネコンの？　鹿山建設の方ならよく存じ上げてます」

「でも、部署が違うのさ、大きな会社だから」

「で、その男の人は私になんて言うの？」

「男って、男と決め込んでいるのがちょっと悲しいけれど、でも確かに男なんだ。太い眉とぱっちりした目の好青年だ。『実は、大津様がお持ちの銀座だんご株式会社の株のことで、折り入ってお願いがあるのです』と来る。しかし、あなたにはなんのことだかわからない」

「へえ、銀座だんごっていうのがダンゴ屋さんの会社の名前なのね」

「うん、ダンゴは運慶って屋号で売ってるんだが、会社の名前は銀座だんご株式会社っていうんだ」

「なんだかおもしろそうなお話」

「鹿山建設の男の話はもっとおもしろい。『大津様がお持ちの銀座だんごの株をお売りいただけないでしょうか』と来る。『いえ、建設会社の者が申し上げているので、どうせとんでもない土地狙いで銀座の環境を破壊してでも金儲けをしようとしているんだろうと思われるかもしれませんが、これは違う話なんです』と、誠実そのものの声で熱血青年が物語る。こういう話だ。花椿通りの再開発をしている。地権者の協力で大きなビルになりそうだ。街区全体をおおうようなビルになれば、いろいろ特典がある」

「総合設計制度ね。知ってる。これでも不動産会社の会長だから」

「そうだね。ところが、ダンゴ屋さんだけがどうしても協力してくれない。『いえ、有難いお話ですが、私のところは今のままで結構です。お客様にはご近所だけではなく、わざわざ遠くから来てくださる方もいらっしゃいます。仕事は自分と女房、それに妹の3人で、あとはパートの人で足ります。お金になぞならなくていいのです』。世の中のためと言ってもダメ。では金の話をと言うと、金は要らないという。土建屋さんも、金にものを言わせられないとなると喋ることがなくなってしまう」

「そうね。そうよね」

「でも、この店の占めている場所は、銀座の通りがいっそう立派な通りになって、日本で二度目のオリンピックを迎えるためにはどうしても必要なんだそうだ。そこをいっしょにしないと全体が生きない」

「なんだか、バブルのころの地上げみたいな話」

「細かくなった土地はいつの時代も同じだね。鹿山建設のイケメン青年も必死だ。『大津様がお金で動くなんて、これっぽっちも思っていません。でも、ここを入れて再開発しないと、オリンピックに外国からお客様をお迎えするのに銀座に古い傷跡が残ったままになります』そう言われると、確かにそうだ。この店は昔造った二階家で、古めかしいところに独特の雰囲気がある。ダンゴの味も3割アップという雰囲気だ」

「15億の土地、13・5億の借地権、49%の少数株、ね」

「そう。だから、鹿山建設の青年は憤りを隠せない。彼は公憤のつもりだ。

『今、お手元の49%の株は年に10万円の配当と承知しております。もしお売りいただければ、大津様に5億のお金が入ります』と言うんだな。でも、あなたは長い間持っていた株を金のために売りたくはない。そう言うと、鹿山建設の青年は言うね、『お金のためではありません。世界の銀座のためです。花椿通りの一角に借地権を持っている銀座だんごも協力すべきなんです。土地は地主が思うままに利用していいものではなくて、みんなのためになるように使わなくてはいけない。会社もそうです。過半数の株で支配しているからって、少数株主を無視するのは許されません』」

「あら、まるでどこかで聞いた台詞になってるわ」

「そうさ、鹿山建設の顧問弁護士は大木忠だからね」

「じゃあ、その人、『大木先生と話してくれ』とでも言うの？」

「そのとおり。飲み込みが早い会長さんだ。大木先生の話を聞いてもらえば、大津様もわかってくださる、って青年は懇願するのさ。あなたは大木に会う。金も悪くないが、世の中のためになるのとパッケージだからな、もっと悪くない。いや、とてもいい。大木は、社団法人のこと触れる。同族会社ガバナンス協会だ」

「えーっ、やっぱり私はあなたに会うことになってるのね。嬉しい」

「そうだよ。そして、協力して、世界の銀座のためにできることをする。世のため人のためだからね」

「私、やる！　銀座の恋の物語」

「ありがとう。これは、おとぎ話だ。でもね、僕は本気だ。非上場会社の少数株主が、譲渡承認請求すらできないばっかりに泣き寝入りしているのを助けたい。フェアな限り、なんでもやる。しかし、自分でフェアと信じられることしかしない。本当は、これは道義的な問題じゃないんだ。法律の不備だ。非上場会社の少数株主が会社に対して買取り請求権を持っていないのはおかしい。そう思う。そこまでいかなくっちゃいけないと自分に言い聞かせることがある。その立法が実現するのか、するとしてもいつのことなのか、僕にはわからない。僕は明日のために樹を植え続けていくつもりなんだ。僕の生きている間には、実のなることもない。大きな枝を広げて木陰を作ってくれることもないだろうけどね。でも、僕はその光景をくっきりと頭のなかに描き出すことはできる。誰かが、道義を実現すべきなのかもしれない。昔、有島武郎が農場を小作人に分け与えたように。とにかく、ただの法律論じゃない。リーガルかどうかじゃない。なにがフェアか、だと思っている」

「フェアかどうか、ね。では、ウチの会社のフェアな解決策はなんですか、ムコージマの社外取締役さん？　有島武郎って、自分の農場を小作人に只で上げてしまった人よね。ずっと年下の女性と心中しちゃった人。あら、私たち、有島武郎のようになるの？　私、彼のように会社を他人にあげなくてはいけないの？」

「そんなことはない。彼は妻を亡くしていた男だ。会社を従業員にあげてしまうなんてのは、ダメだ。お金を尊敬しない人は、しまいにお金に軽蔑されて暮らしに困ることになる。そんなことより、まず会社のフェアな評価を知ることだ。それに、譲渡承認請求があったって、なにも拒否して買取りを背負い込むばかりが能ではない。他人が株主に入ってきても、いっしょになって経営を良くしていけばいいのさ」

「あなたのおかげで、ウチには怖いことはなにもない」

「だったら、株主が誰に譲渡するのかも自由なはずだ。でも、それは現実的には解決にならない。非上場会社の少数株など買う人がいないからね。買う人がいないのは、買ってもフェアなリターンが期待できないからだ。だから、配当が第一ってことになるね。配当が会社の評価の10%なら買う人も出てくるかもしれない。そうなれば、非上場会社の少数株も少しは取引が盛んになる。なんだか、上場会社のコーポレートガバナンス論、そのなかでもＲＯＥの話に似てきてしまったね。ま、稼ぐ力には限界があるけどね。それに上場会社ほど開示義務がないから、どれだけの人が買い手になってみようと思うか」

「ダンゴ屋さんだと借地権が15億の9割で13億5000万。それの49％で約6億6000万。10％の配当だと6600万」

「資産は配当には回せないから、少し事情が違う」

「でも、いずれにしたって凄い額。串に刺したダンゴを一本一本売っていたのでは無理かもね。ウチだと、資産100億でもディスカウント・キャッシュ・フローでの評価だと50億っておっしゃったわよね。その49％は24億5000万円。その10％分の配当だと年に2億4500万円にもなってしまう。とても無理。49％分自己株買いをするとなると、それだけのお金が要る。ビルをいくつも売って、法人税をたくさん払うことになってしまう。2億円の純利益。みんなの給料もなにもかも経費を除いて残るお金だもの、配当なら今よりもっとできる。半分で1億の配当。49％の少数株主に4900万払うことになる。沙織叔母さんは12％だから1200万。それなら、できなくはないかも」

「ヴォワラ！」

「でも私にも5100万もの配当収入が入ってきてしまう。配当は総合課税で55％取られてしまう。会社に置いておけば30％の法人税で済むのに」

「難しいところだね。少数株主の株を種類株に変えてしまって、議決権、つまり経営権はあなたが保持し続けるけど、あなたへの配当は少なくても済むようにするとか、なにかいい方法がありそうな気がする。そういう小難しいことは大木に相談してみよう」

「大木先生が直ぐに答えを出しませんように。私、あなたにお会いすることができなくなると思うと、恐ろしいの。会社のことで相談することがなくなったら、あなたはきっといなくなってしまう。こんなちっぽけな会社の社外取締役よりもっと大切な仕事のある方ですもの。日本中があなたを待っている。あなたはおっしゃった。新しい法律を作って、非上場会社の少数株主が会社に株の買取り請求権を持つようにしたいって。それでなくても忙しい方が、そんなこともしなくてはいけないから、ますます忙しいのよね。私、もっと若いときにあなたに会っていれば良かった。そしたら私はあなたの奥さんになっていたかもしれない」

「僕が初めの奥さんとは別れたことを忘れているのかな」

「いやっ。いえ、いい。だって二度目の奥さんになるから」

「そういう人生はあり得たかもしれないね。でも、僕たちは69歳と65歳になるまで出逢うことがなかった。今も昔も、若い人たちは青春を歌う。自分たちが７００万年に及ぶ人類の長い歴史で初めて青春というものを発見したかのように。それが人類にとってどれほど陳腐な歌でしかないかということなど想像もつかないで、何度も何度も繰り返し歌う」

「私も歌った歌よ。心を込めて歌った。でも今は違う。私は、週に1回、3時間だけあなたといる。その間だけあなたを独り占めにしていられる。それでいいの、十分に幸せ。この世のどこかに信頼できる男が生きていることが、女にとって一番の幸せ。いつもいっしょにいることができるかどうかは別のこと。愚かな夢を見て、なにもかもなくしたりしないくらいの分別はあるつもり。これでも、いろいろな経験をしてきましたもの。いえね、あなたが男と女の関係に入ることを避けたのはわかってるの。それでいいの。私、不安だったの。自分を安心させたかった。あなたがいなくなってしまうんじゃないかって、心配で心配で。びっくりしたでしょう？　あなたがそういうことはしないんだと知って、却って安心した。でも、やっぱりなんだか怖い。もしあなたが病気になって入院でもしてしまったら、私はあなたに会いに行けない」

「じゃ、入院している間も社外取締役を辞任できないな。オーナー会長さんが入院中の社外取締役に緊急の相談に来る口実がなくなってしまうから」

「いやっ、そんなこと言わないで」

弾かれたような声を出して、目の前の高野にしがみつく。

〈これは過去にもあったことだ。デジャビュ。一度ではない。男と女はいくつになっても同じことの繰り返しだ。７００万年も飽きずに動き続けている回転木馬だな〉

高野は黙って紫乃の体を包んだ両腕に力を入れながら、独り天井を睨んでいた。

高野、倒れる

高野は毎月血液検査をしている。胆石を腹腔鏡手術で取り去ったのも血液検査のおかげだった。肝臓の数値がびっくりするほど高かったので検査を勧められたのだ。といっても、胃や大腸は血液からはわからない。

「他にも血液からはわからない部位がいくつもありますが、とにかく今回は胃と大腸を」とかかりつけの女医、大船渡和美に言われたのが10月だった。大船渡はいつも微笑を絶やさず、四六時中患者のことを気にかけてくれている。40歳を過ぎたくらいで、忙しいなかにも自分の生活やファッション、たとえばバルーン・スカートといった流行の服装を楽しんでいる。医者として女性として人生を謳歌しており、それゆえに魅力にあふれている。患者の立場からは頼もしい限りだった。そんな女性だから高野のような男は定期的に顔を見に行かずにはいられない。かかりつけの医者としては打ってつけだった。

検査前、高野は前の年に高校時代の友人が肺がんで亡くなったことを思い出していた。最近ではゴルフ仲間にも膵臓がんが見つかって1年半で亡くなったのがいた。他にも仕事の付き合いで亡くなった知らせを聞く機会が増えていた。がんが多かった。

〈年齢か。「俺の番か、こいつは堪らん」では済むまいて〉

大腸の検診は何度もしていたから、慣れていた。部屋をとってもらい、朝から2リットルもの下剤を飲んで、水のような便になるのを待つ。看護師が確認してOKが出れば、検査室へ行く。もう麻酔が始まっているから、点滴用の移動台を自分で持ち運びながら行くことになる。この台につながれるたびに、囚われ人の心境になる。

検査の翌日、大船渡医師からスマホに電話がかかってきた。

「手術をします。それも一日も早く。心配しないで大丈夫です」

そうだったのか、としか思わない。大腸ではなく胃だという。

〈胃がんか。思いもかけなかったな〉

妻の英子に電話し、入院の手筈の話をした。

それから、大きな息を吸って、紫乃の名をスマホで検索した。

出ない。まさか留守電というわけにもいかず、かといって電話を返されても出られるとは限らないから、また電話しますと言って切った。

すぐに電話が返ってきた。

「ごめんなさい。あなたが電話してくることって珍しいから何かあったのかと。怖くてすぐに出られなかったの。だって、大腸の検査をするっておっしゃっていたでしょう。気になって気になって」

「ありがとう。それだ。でも大腸ではなくて胃だった。切る。今の時代、胃がんは大問題ではないようだから、ま、なんとかなるさ」

「直ぐに？　手術？　どうして？　でも、そうね。そうよね、治るに決まっているわよね」

涙声になって、後が続かない。


手術後、高野はすこしずつ元気になっていった。

もうすぐ半年というころ、突然また入院すると言い出して、３日後に亡くなった。

英子が紫乃に知らせてくれた。

「亡くなってから高野のスマホを見たら、あなたといっぱい話していたのがわかりました。だから、きっと高野はあなたに知らせてほしいだろうって思いました。それで、電話しました。

大津紫乃さんておっしゃるんですね。私からこんなセリフ聞きたくないかもしれないけれど、でも、どうもありがとうございました。高野はあなたといっしょにいて、とっても愉しかったのだと思います。私はなにも知らなかったけれど」

1時間後、大津紫乃は独りで赤坂新坂のマンションにいた。高野の笑い声が聞こえてきそうな気がする。遅くなってごめんごめん、と言いながら合鍵を使ってドアから顔を覗かせそうな思いに囚われる。

〈出逢うのが遅かったの？　どうして？　どうしてなの？　私たちは、どうしてこうならなきゃいけないの？　私、あなたのおっしゃることならなんでも聞こうと思っていたのに。我慢していれば、いつまでも週に一度は必ず会って仲良くしていられると信じていたのに〉


葬儀は妻の英子と大木が話し合って青山葬儀所でと決めた。

当日は真夏のような日差しが午前中から照り付ける生憎な日和だった。

誰もが、みな一様に黒っぽい喪服を着ている。それぞれの富に応じて生地が異なり織柄が違うのがわかる。

「ああ、ここはソドムの市なのか」

大木はいつも葬儀に参列すると溜息をつかずにおれない。自分がソドムの一員でないことを神に感謝したい気持ちになる。

穢れた人々。穢れた魂。その魂が寄り集まって、逝った者を送る。逝く者の魂は無垢になっている。

残る者の魂のために人生をすり減らしている自分。

大木には自分がシリウスの高みからこうした人々を眺めているという密かな悦びがあった。手は穢れた人々に差し伸べている。しかし、自分の手はどんなに汚れたものに触れたところで穢れることはない。俺はそういう役回りを天から託されているのだ。

本当にそうなのか？

俺は清らかなのか？

ここにいるのは、実はすべて罪なき衆生《しゅじょう》なのではないのか。必死に生きてきた、生きる喜びを精一杯、切なくも追い求めている善男善女ではないのか。

それに比べてこの俺はなんだ。

しかし、大木の目はその場の光景にすぐに釘付けになった。びっくりするほどの数の人たちが詰めかけていたのだ。ほとんどが社団法人の理事長になってからの知り合いだった。いや、知り合いですらない人々が高野のために炎天下の式場につめかけ、焼香すべく黙って並んでいた。

高野は最近では立法活動に熱心になっていた。大木と共通の後輩である衆議院議員の輿水信一郎の議員会館の部屋をたびたび熱心に訪ねていた。大木も何度も一緒にでかけた。そのための講演活動にも高野は力を入れていた。全国行脚《キャラバン》さ、と言っていた。

葬儀場には川野純代がいた。三津田沙織もいた。同じような高齢者がたくさんいた。その子、孫の年齢の人たちもいた。大木が一番驚いたのは、親といっしょに来ている高校生や中学生、それに小学生の姿だった。赤ん坊をバギーに乗せたり抱いたりしている姿もあった。

高野さんは私たちの恩人だという声がそこかしこから漏れた。信仰のある者もない者も、誰もが熱心に高野の成仏を願い、祈りを捧げた。みんな自分の身内のように真剣な面持ちで手を合わせている。義理や儀礼で来ている者は一人もいない。

大木は、目を見張りながら、そうだ、そのはずなのだと納得した。日本人は、74年前、戦争に負けて食うや食わずの生活から立ち上がったのだ。そのとき立ち上がった30歳だった人は1915年生まれということになる。だからほとんどはもう生きてはいない。しかし、子どもが育っている。団塊の世代。高野や大木の世代の人間たちだ。もう老人になっている。その次、団塊の世代から生まれた団塊ジュニアたち、創業者の孫たちの世代がもう30歳から40歳になっている。敗戦直後に株式会社制度によって事業を起こした人たちの孫だ。さらにその子どもたちがいる。高校生や中学生の姿があって当然だった。

誰もが株式会社につながっているのだ。世代交代するたびに株式がたくさんの人たちに散っていく。少数しか持っていない株主が無数にいてもなんの不思議もなかった。

今日、ここに高野の葬儀に来ている人は誰もが、高野が始めた社団法人のおかげで凍りついていた手元の少数株、生命のかよっていなかった少数株を解凍してもらい、生命を吹き込んでもらった人たちなのだ。自分でもそんな権利があるとは知らないでいた人もいることだろう。

大木は、こんなにも幅広い年齢層の人間が集まった葬式を見たことがなかった。どの葬式も、老人が死ねば老人たちが、若者が死ねば若者たちが、いずれも死者と同じ歳頃の人たちが参列するものだ。

大木は異様な感動に包まれたまま、写真のなかで微笑んでいる高野の顔に見入った。確かに、高野の植えた樹は日本の大地に根づき、葉を広げようとしている。

〈オマエ、こんなどえらいことになっているぞ。そっちから見えているのか〉

遠くから大木の姿を見つけて、大津紫乃が小走りに近寄ってきた。

「先生、大津です、ムコージマ・コーポレーションの。その節は大変お世話になりました」

深々と腰を折って頭を下げた。

「やあ、大津さん、ありがとうございます。高野の奴、先に逝ってしまって」

大木の目に涙が光った。隣に辻田の姿があった。

大津紫乃が思いつめた調子で口を開いた。

「先生、お願いがあります。もし可能でしたら、私に社団法人の仕事をやらせてください。高野さんのやり残したことを成就させたいのです。立法のことです。私、高野さんからいずれはそうならなくちゃいけないのだといつも聞かされていました。社団法人ですから、相続とかどうなるのか私にはさっぱりわかりません。奥様のお立場、お子さんのお立場がおありなのだろうとも想像します。でも、先生、大津紫乃のたってのお願いです。どうか私を高野さんの社団の跡継ぎにしてください」

「そうですか。あいつも喜ぶことでしょう。社団法人の理事長ですから、特に法的に相続がどうこうということはありません。でも、奥さんたちには私から話してみます。わかってくれるでしょう。この仕事は、情熱を持っている人でなければできません。あいつが生きていたら、たぶん、大木、オマエどう思うとたずねるでしょう。私は、大津さんに継いでもらうのが一番だと言ってやりましょう。そう思いますからね。あいつなりに込めた思いもあるでしょうし。嬉しいお申し出です。立法化の話を進めていたところです。聞かれているかもしれませんが、議員立法でやろうということになっていて、自民党の輿水先生が大変乗り気です。彼は、非上場会社の少数株主の問題が上場会社と本質的に変わらないことをわかっています。日本が活力を取り戻すために大事なことだともわかっています。アベノミクスにとっても重要な分野だということを言っています」

「私は高野さんの思っていらしたとおりのことをします。高野さんが生きていたら実現したいと思ってらしたことを、そのとおりにやります。先生、もう高野さんには相談できません。先生にお願いするしかありません。どうか、よろしくお願いします」

遠くから輿水代議士が大木に駆け寄ってきて、両手を握りしめた。

「大木先輩、申し訳ない。間に合わなかった」

「ああ輿水先生。お忙しいのにありがとうございます。さすが政治家ですね。冠婚葬祭のうち結婚式は予定ができる。葬式はいつも突発だ。だから、葬式に来てくれる政治家は本物だって。でもね、先生、間に合わなかったなんておっしゃらないでください。高野の奴、そんなこと気にもしていません。あいつ、樹を植えていたんです。その途中で自分の人生が終わることは覚悟の上です。でも、誰が植えても樹は水さえやれば育つ。この大津紫乃さんが次の水撒き人です。先生、高野同様、どうぞよろしくお願いします」

紫乃が大木の隣で深々と頭を下げると、輿水代議士はすぐに紫乃の両手を摑んで、大げさな身振りで上下に動かした。

議員立法なる

「いやあ大木先輩、高野先輩の託してくれた立法、大いにやってますよ」

大きな地声で知られた輿水議員からの電話だった。

「先輩の紹介してくれた大津さんて女性、すごいじゃないですか。それは一生懸命、健気にやってくれています。彼女と話していると、誰もがすぐに動き出さない自分が恥ずかしくなってくる。高野先輩もいい跡継ぎを持ったものです。各党の先生方が動き出してくれています。議員連盟もできました。感謝しています」

輿水信一郎は自民党でも若手ナンバーワンとして知られていた。党の内外を問わず誰もがいずれ総理になる器だと認めている。本人も、未だ未だ若輩者だと謙遜を忘れなかったが、物事を知的に分析し理解する天性の能力に恵まれている。しかもその結果、やるべきだと自分なりに信じると、直ちに躊躇なく動く。その決断力と行動力は父親譲りのものがあった。ぶれない男として仲間の厚い信頼を受けている。大木にとっては高校の良き後輩でもあった。高野にとっても同じことだったから、輿水が出馬した当初から2人して応援団を買って出ていたのだ。

非上場会社の少数株主に会社への買取り請求権を与える。買い取らせる権利、売りつける権利、といってもいい。それが議員立法の核心だった。目標は、日本中で凍結されたままになっている中小企業の資産を解凍することだ。全国の中小企業の経営者を経営の使命に目覚めさせ、世の中のためになる経営に奮い立たせること。そのために励まし、時には大きな鞭で尻をたたく。しかし、それはすべて会社のためであり、日本のためであり、日本人のためであり、誰よりも経営という重い任務を担っている経営者自身の本物の人生のためだった。

『日本解凍』。高野の考えついたこの言葉が、輿水の口から出ると勢いを持つ。せめて相続時の相続人だけは売りつける権利を持つという妥協案は、「高野さんはそんなものでは満足しません！」と言って、輿水が相手にしなかった。

議員立法で行こうというのも輿水のアイディアだった。会社のことだから所管は法務省になる。しかし、法務省というところはなにごとにつけ慎重なところで、任せていたらすぐには動かない。経産省なら馬力もあるが上場会社の話ではないから、コーポレートガバナンスで活躍した金融庁は関係しない。もっともいろいろな省がからんでこじれてしまっては元も子もない。この件は、直ぐにでも解決して上げないと国民のためにならない。日本は凍りついたままだ。

輿水はそう言って、自ら自民党内の仲間を誘い、さらに公明党にも働きかけてくれた。

「で、与党は固まったと思うんです。次は野党です。議員立法ですからね、野党の皆さんにも理解していただかないと。もう議員連盟はできてます。大丈夫と言いたいところですが、ほら、政界は一寸先は闇です。大木先輩にいっしょに動いてもらわなくっちゃなりません。大津理事長にも覚悟するように言っておいてくださいね。もっとも、彼女は高野先輩の魂が乗り移っていますから大丈夫でしょうが」

「ええ、野党には弁護士も多いし、そうでなくても筋の通った話だから議員の皆さんも必ずわかってくださるに違いないと信じてます」

「ま、そうだといいのですが。いや、そんなことを言おうものなら高野先輩の、『お前には成し遂げるという信念が不足しているからだ』という怒鳴り声が聞こえてきます。それにしても、高野先輩、大変なことを考えついたものです。大木先輩の入れ知恵なのかもしれませんが、亡くなられた高野先輩のためにも、不肖、輿水信一郎、粉骨砕身の思いでやります。きっとやります。これ、今の日本のためにどうしても必要なことですからね。非上場会社の少数株主を救うのは、一種の世直しです。見捨てられた人たちの権利を実現する。凍りついた日本を解凍する。

中小企業のオーナーたち、公私混同をエンジョイしている怪しからん連中も、解凍すればシャキッとして経営に邁進します。会社によっては不動産を手放すところもあるでしょう。高野先輩がいつも言っていたダンゴ屋の引っ越しですよ。国土は誰のものでもない。国民みんなのものです。だから、現在たまたま地主になっている人たちは、より世の中のためになるように土地を使う義務があります。ダンゴ作りは個人でやるなら趣味でいいけれど、ダンゴ屋株式会社の経営は趣味だけじゃいけない。株式会社という特権をエンジョイしている組織だからです。銀座の土地の値段が上がってしまったら、その銀座で売れるダンゴを研究して開発する。そして利益を上げて少数株主にフェアに報いる。もしそれができなかったら少数株主に自己株取得をしてでも報いるべきです。そのために土地を売る必要があれば、不動産会社もゼネコンも喜んで協力しますよ。上場会社も非上場会社も同じことでしょ、先輩。51％にあぐらをかいちゃいけない。少数株主にフェアに報いることのできない会社は、会社制度を利用している資格がない。だから、少数株主から買い取ってくれと言われても知らん顔をしていることのできるような制度のままじゃいけない。日本解凍です。法律専門家が七面倒くさい議論をしているようですが、やむを得ない事情がある場合なんかに限定する理由なんて全然ありません」

輿水の話は次々と迸《ほとばし》って止まらない。

大木は輿水の口からフェアという言葉が出たことを、なんとかして今は天空にいる高野に伝えてやりたかった。

代わりに大津紫乃に電話した。

「輿水先生が高野の遺した仕事を完成してくれそうです。あなたのおかげです。高野の口ぶりそのままに、非上場会社の少数株主にフェアな取り扱いが保障されるような立法をするんだとおっしゃってました。フェア、って言葉を使って。すべて高野が植えた樹です。いまはあなたが水をやってくださっている」

紫乃は恥ずかしそうに、

「あの人のためだと思うと、私、なんでもできるんです。怖いものなんかありません。いつもあの人がいてくれますから」

と電話越しに言った。その後、電話が切れる前に、ふーっと長い溜息のような音が聞こえた。

立法は超党派の議員連盟が立ち上がってから半年でできあがった。大木弁護士と大津紫乃は、自民党から共産党まで、すべての政党を説得して回った。議員会館というところは、入館手続きをとり、入り口の女性たちの一人に議員の部屋に電話を入れてもらって約束の確認ができて初めて中に入ることが許される。

エレベータに乗ると、扉の周囲に議員の名前が何百と並んでいた。

「この議員さんたちのお名前の一つひとつが私を呼んでいる気がします」とエレベータのなかで大津紫乃は大木弁護士にささやいた。大木はドアと天井の境を睨みつけたまま、黙って大きくうなずいた。


新しい法律で、株式会社の少数株主が会社に対して買い取ってもらう権利を有することになった。買取り価格の紛争が多発することが予測されたので、公認会計士と弁護士が中心の専用の仲裁機関も作られた。

大木は事務所の自分の部屋を出て、高野と話した会議室に行ってみた。

誰もいない。

高野を目の前にして自分が座っていた椅子に座ってみる。

「高野、今ごろそちらでどうしている？　もう非上場会社のことなんか忘れちまったかな？まさか天国だからって朝からドリンクタイムでもあるまい。こっちでは、オマエが置いていった仕掛かり品を大津紫乃さんといっしょになって磨き上げたぞ。完成した。輿水先生のおかげだ。オマエ、なにもかもわかってて彼女と？　まさかな。ただ、自分から苦労を背負い込む性分だったんだな。だからって奥さんを泣かすこともしたくない。相手の女性にも悲しい思いをさせたくない。まったく、なんともご苦労なことだ。ま、オマエは金があったから、それなりに尽くすことができたってことか。しかし、そいつはオマエが本当に欲しかった女性との人生じゃなかったんじゃないか。あれほど好きになって、前の奥さんと別れてまでいっしょに暮らしたかった英子さんだったのにな。俺が彼女からどれほど愚痴を聞かされたか。オマエという男に、男ながらあきれた。それがある種類の男のサガかと思うしかなかった。オマエは知らないことだが、俺は英子さんを止めたんだよ。英子さんが別れたがっていたから、俺は言って差し上げた。『誰といっしょになってもあいつはあんなだ。だったら、あなたがいっしょにいてやるのが一番いい』って。英子さん、『私、2人目じゃなくって、最後の女性としてあの人の前に登場する役がよかった。何人目になるのか知らないけれど』なんて言っていた。その最後が大津紫乃さんなのかね。

なんにしてもオマエの地獄は、俺のように平穏無事に女房とだけ暮らしている極楽とんぼには理解できないとしか言えん。オマエは、それなりにきっと苦しかったんだろうな。地獄だものな。だが、そんな日々は消えた。もうない。オマエはもういない。高野敬夫はどこにもいない。だが、オマエが植えた樹は日々育っている。日本を救う樹だ。日本中の非上場会社、同族会社、中小企業が奮い立つ。氷に閉じ込められた日本が、融けた氷のなかから飛び出す。いつだったたか、忍び草の話をしたことがあったっけな。もうオマエにはどんな忍び草も見えも聞こえも、ましてや香りもわかりはしまいがな。

でもな、人の生活がこの日本で続く限り、様式会社制度が人に利用される限り、誰もがオマエがこの世に残したオマエの人生の抜け殻に頼る。この法律がその抜け殻だ。セミが抜け殻を残して脱皮し、日がな一日鳴き暮らして死んでしまうように、オマエは逝った。後にはオマエの人生の抜け殻が遺ったってわけだ。高野敬夫の姿、形そのまんまの抜け殻だ。高野敬夫よ、オマエの人生の再定義、どうだった？　うまく行ったのか？　まだまだ途中じゃなかったのか？　未練があったろうな。いや、突然の死が一番良いというからな。成功を目前にしての思いもかけない死だ。なぜなら、成功した後の幻滅を味わわないで済む」

誰も何も答えない。〈そうだよな。『死は一切を打ち切る重大事件』だからな〉大木は声に出さず独り呟いた。その瞬間、大木は高野の声をはっきりと聞いたのだ。「コレデオシマイ」

あとがき

今は昔、バブルの時代、私は高野敬夫に出逢った。特定の人物ではない。何人ものバブルの寵児《ちょうじ》たちのブレンドである。亡くなった方もある。

若い弁護士だった私は、ゼロから巨富が生み出される現場にも立ち会った。同族会社の少数株主が裁判を通じて何十億という金を摑み取る現場にいたのである。私はその反対側、オーナー株主の側だった。裁判所が間に入っての和解であった。

バブル果てて10年。私はコーポレート・ガバナンスの仕事をするようになった。やがてコーポレート・ガバナンスは実は上場会社だけの問題ではないと気づいた。非上場の同族会社での経験があったからである。要するに問題は株式会社なのである。個人ではない、会社という組織とは何かという話である。

もし高野敬夫が今の時代に甦ったら？

非上場の同族会社についてのコーポレート・ガバナンスに考えを巡らせながら、幻冬舎の箕輪厚介氏の励ましを受けつつ、私はこの物語を紡いだ。ジャパン・インデプスというサイトを主宰する安倍宏行氏が試し読みを快く引き受けてくださった。両氏には改めてお礼を申し上げずにおれない。

弁護士というものは初めから立ち位置が決まっている。依頼者の立場が決めるのである。会社でいえば、依頼者が多数派であれば会社側、少数派であれば少数株主側ということになる。

小説を書く私は何にでもなる。バブルの時代に英雄《ヒーロー》だった男にでも、同族会社のオーナー社長の妻だった女性にでも、もちろん88歳の非上場会社の少数株主である女性にでも。ついでながら、高野敬夫氏の友人である弁護士は私ではない。森鷗外が今の時代を生きて弁護士をしていたらこんなだったかもしれないと思う。小説はどこもかしこも虚構なのである。

本書は書き下ろしです。原稿枚数376枚（400字詰め）。
この作品はフィクションです。実在の人物や団体などとは関係ありません。

〈著者紹介〉
牛島 信　1949年生まれ。東京大学法学部卒業後、検事を経て弁護士に。牛島総合法律事務所代表として、多くのM&Aやコーポレートガバナンス関連の案件を手掛け「M&Aの守護神」と呼ばれる。97年『株主総会』(幻冬舎)で作家デビュー。日本コーポレート・ガバナンス・ネットワーク(CGネット)理事長。上場会社など4社の社外役員を務めている。

GENTOSHA

少数株主
2017年12月15日　第1刷発行

著　者　牛島 信
発行者　見城 徹

発行所　株式会社 幻冬舎
〒151-0051 東京都渋谷区千駄ヶ谷4-9-7

電話:03(5411)6211(編集)
03(5411)6222(営業)
振替:00120-8-767643
印刷・製本所:中央精版印刷株式会社

検印廃止

万一、落丁乱丁のある場合は送料小社負担でお取替致します。小社宛にお送り下さい。本書の一部あるいは全部を無断で複写複製することは、法律で認められた場合を除き、著作権の侵害となります。定価はカバーに表示してあります。

©SHIN USHIJIMA, GENTOSHA 2017
Printed in Japan
ISBN978-4-344-03214-9 C0093
幻冬舎ホームページアドレス　http://www.gentosha.co.jp/

この本に関するご意見・ご感想をメールでお寄せいただく場合は、
comment@gentosha.co.jpまで。